特殊防諜班　最終特命

今野 敏

講談社

目次

特殊防諜班　最終特命……5
解説　村上貴史……336

特殊防諜班　最終特命

千年王国――聖書のあらゆる預言が示す、ハルマゲドンとその後にくる至福の千年王国。聖書は、この神の王国を築くための計画の書ともいえる。

1

大きなハンマーが、うなりを上げて、壁に叩《たた》きつけられた。

壁はおそろしく強固で、いくつかのかけらが飛び散ったに過ぎなかった。

この壁が厚く固いのは、材質だけの問題ではなかった。

再びハンマーが叩きつけられる。また同様に、かけらが飛び散った。

そのたびに、周囲から歓声が上がった。

西ベルリンのブランデンブルク門は、東西ベルリンを隔てる象徴だった。西ドイツの市民たちは今、ブランデンブルク門の広場に集まっていた。

門の近くの『ベルリンの壁』には、今や、数千人の市民がよじ登って、金づちやノミ、ハンマーをふるっている。

東西の国境警備隊は、この様子を黙って見上げているだけだった。

もはや、彼らの役割は終わりつつあるのだった。

一九八九年十一月九日。東ドイツのクレンツ政権が国境開放を宣言した。東西のドイツ市民は狂喜した。

その後、たった三日間で、数十万人の東ドイツ市民が西ドイツに流入したといわれる。

市民たちによる壁の取りこわしは、その喜びのセレモニーなのだ。

もちろん、国境警備隊がただ好き放題にやらせていたわけではない。

西ドイツ国境警備隊は、十日夜から、十一日未明にかけて、数十人の市民が交代で、ハンマーをふるい、壁の足もとを崩しだしたのを制止した。

その行為に異議を申し立てる市民との間で小競《こぜ》り合いが起こった。

市民たちは口々に叫んだ。

「邪魔するな。そのままやらせろ」

また、十一日になると、ブランデンブルク門近くの破壊された『ベルリンの壁』を修復するために、東ドイツの国境警備隊が招集された。

午後六時過ぎ、彼らは削り取られた直径二・五メートルのコンクリート片を、元あった場所に戻すというあまり意味のない作業を命じられた。

西ベルリン市民が壁によじ登るのを防ぐため壁の東側でガードマンが増強された。壁に登ったり、東側へ通過しようとした西ベルリン市民が、放水によって追い返されるという場面も見られた。

しかし、それは、実にささやかな抵抗と見なければならなかった。

『ベルリンの壁』崩壊後一週間で、西ベルリンの人口を上回る東ドイツ市民が西ベルリンを訪れたのだ。

西ベルリンの人口は百九十万人。この週に西ベルリンを訪れた東ドイツ市民は二百万人を超えたのだった。

西ベルリンの地元新聞は、開放されてからの一週間で「ベルリンは退屈な都市から、世界一おもしろい都市になった」と表現した。

新聞がそう評したころ、一方で、ある西ベルリン市当局者はこう語った。

「パーティーは終わった」

東の人間が流入した西ベルリンでは、すでにいくつかの問題を苦慮し始めねばならなかった。

排ガス規制の不充分な東ドイツ製の自動車が乗り入れてくるため、大気汚染が心配されてくる。

速度無制限のアウトバーンでは、西ドイツ市民はメルセデスやＢＭＷを走らせている。それに対して、東ドイツの車は馬力が小さく、すでにそれが原因の事故が発生していた。

マルクのレートの差も問題だった。

東ドイツ側の公式レートでは、あくまでも、東独マルクと西独マルクは一対一だ。しかし、実際には東独マルクは西独マルクの十分の一の価値しかないのだ。

この格差は、二つの大きな流れを作り出す。

ひとつは、東ドイツの人間が西ドイツで働くことだ。西独マルクを持ち帰れば、価値は十倍になるのだ。

もうひとつは西独市民が東ドイツへ行き、西独マルクで物を買いあさることだ。

西ベルリン当局はそうした問題をかかえていたが、外の人々——つまり、ドイツの近隣ヨーロッパ諸国は、さらに真剣な危惧を抱いていた。

「東西ドイツの統一」に向けての潮流は、西ヨーロッパ諸国にとって、大きな不安材料だった。

デイリー・テレグラフはこう報じた。

「パリ、ロンドン、ワシントンには言葉に出して語られることのない恐怖がある。すなわち、ドイツ再統一が新欧州の中心に経済的巨人をつくり上げることである」

経済に加え、軍事面での問題もある。キャリントン前ＮＡＴＯ事務総長は、こう述べている。

「ドイツ再統一の可能性はＮＡＴＯにとって危険である。ＮＡＴＯとワルシャワ条約機構というふたつの対立し合う敵同士が、統一したドイツのなかでは共存できないのが現実だ」

西欧およびアメリカ合衆国は、明らかに東ドイツの民主化を歓迎しながらも、両ドイツの統合を恐れている。

デイリー・テレグラフの言葉を借りれば、それは「恐怖」であるという。

イギリスのサッチャー首相は感情をむき出しにしてこう語った。

「東ドイツが自動的にＥＣ（ＥＵの前身）に加盟できるとドイツ人が考えるとしたら大間違い。一九三三年以来、ナチズムとコミュニズムしか知らなかった国を受け入れるなど、欧州統合に逆行するわ」

この口調は、西欧諸国の思いを代表しているといえる。

今後のドイツの動きは、まさに、西欧の焦点となるに違いない。そして、聖書の神を信じる国々は、恐怖を感じながらその動きを見守ることになるのだ。

梅雨入りまえの、さわやかに晴れたある日、ヨセレ・ザミルが、真田《さなだ》武男《たけお》の部屋を訪ねた。

「いったいどうした」

真田は驚いて言った。「ハルマゲドンで最終戦争でも起きたか？」

ザミルは心底いやな顔をした。

「ハルマゲドン――つまり『メギドの山』は、わがヨシア王、サウル王が戦死した場所だ。われわれユダヤ人にとっては不幸の地であり、滅亡のシンボルだ。そういう冗談は通用しない」

「そしてその言い分は日本人には通用しない。俺たちは神と契約していない」

イスラエル大使館の正式な事務官であり、また、世界で最も優秀だといわれているイスラエルの諜報機関モサドの少佐でもあるヨセレ・ザミルは、ひどく沈んだ顔つきをした。

「困った民族だ。日本人は、まだ自分たちの重要な役割に気づいていない……」

「何のことだ？」

「いいんだ……」

「とにかく、入ったらどうだ。コーヒーくらいは淹れるよ。お望みなら、もっと強いものでもいい」

真田武男は場所をあけた。ザミルが部屋に入ってドアを閉めた。

「そうだな……。その強いものというのをいただきたいものだな……」

「たまげたな。大使館は休みとは思えないが……。それにあんたが昼間っから飲むような男には見えなかった」

「人間というのは気分の生き物だ。そうは思わんか？」

真田は台所へ行って、ウイスキーの罎《びん》を手に取った。ブッシュミルズだ。

彼はグラスふたつにアイリッシュウイスキーを注いだ。真田はそのひとつをザミルに手渡した。

ザミルは、礼を言うと、一気にあおった。グラスの三分の一ほどまで注がれていたウイスキーが一瞬で空《から》になった。

真田はあっけにとられてその様子を見ていた。

ふたりとも、まだ立ったままだった。この部屋に椅子はひとつしかない。

真田はその椅子をザミルにすすめ、自分は、ベッドに腰を下ろした。

狭いワンルームの部屋だが住み心地は悪くない。特に、政府の金で用意されたことを考えれば文句は言えなかった。

正確に言うと、この部屋は、陸上自衛隊幕僚監部第二部別室の予算を割《さ》いて真田のために用意されたものだ。真田武男は、陸幕第二部別室に特設された『特殊防諜班』の唯一《ゆいいつ》の調査官だった。

ヨセレ・ザミルは、椅子に浅く腰掛けた。

どこか妙だと真田は思った。

広い額に鷲鼻《わしばな》、ちぢれた黒髪、悲しみをたたえたような茶色の眼。身長は百六十五から百七十センチの間とあまり高くはない。

やせ型で、少し背を丸めている。これらの特徴はいつもと変わらない。

だが、地獄をのぞいてきたことがあるかのようにポーカーフェイスの彼が、どこか落ち着きを欠いているように見えた。

酒の飲みかたも普通とは言い難い。

「もう一杯ほしいなら、勝手にやってくれ」

真田はザミルを観察しながら言った。本当にそうするとは思わなかった。

だが、ザミルは立ち上がり、流し台と吊棚があるだけの台所へ行き、グラスを半分ほどウイスキーで満たした。

椅子に戻ってきて掛けると、今度はゆっくりと飲み始める。

「さて……」

真田は言った。「何か用事があってやって来たのだろうな？」

「天気がいいので散歩に出た。ついでに寄ったのだと言っても納得せんだろうな」

「イスラエル大使館があるのは麴町《こうじまち》。ここは飯田橋《いいだばし》だ。散歩にしては遠すぎると思うがね……。それに、あんたが、用もないのに俺のところへ寄るだって？」

「いけないかね？」

「気味が悪いね。いけなくはないが、信じ難い」

ザミルは、また一口飲んでから肩をすぼめた。

「われわれイスラエル人と日本人は、今後、もっと助け合うべきだと思うが……。お互いに誤解をといて、理解し合わねばならない時代が来つつある」

「おい、ザミル。何をそんなに苛《いら》ついているんだ」

「そう見えるかね？」

「わからせるためにわざとそういう態度を取っていると思ったくらいだ。当ててみようか？　東西ドイツの統一だろう。こいつは、イスラエルにとっては黙認し難い出来事だろうからな……」

ザミルは、また一口飲んだ。

「確かに南米に逃《のが》れたナチスの残党やその子孫、そして、西ドイツの国内のネオナチを始めとする極右勢力は勢いづいてきている。わがモサドは神経をとがらせている」

「だが、気にしているのはそんなことじゃない——そう言いたげな口振りだな」

「東西ドイツ統合のことはもちろん気になる。ルドルフ・ヘス率いる『新人類委員会』にとってこれほどすばらしい御膳《おぜん》立てはない」

「その点は俺も気にしていた。『新人類委員会』は何と言っても、ヒットラーの遺志を実行しようという組織だ」

一九八七年八月、シュパンダウ刑務所で死んだと思われた元ナチス副総統のルドルフ・ヘス——実はそのヘスは偽者で、本当のヘスは西ベルリンで生きのびているのだった。

フェニクサンダー・コーポレーションという多国籍企業が財団を作った。

もともと『新人類委員会』はフェニクサンダー財団の一研究機関でしかなかった。

しかし、実際には、その陰で大きな計画が進行していたのだ。『新人類委員会』

は、ヘスの指導で急速に力を増し、いつしか、逆に、フェニクサンダー財団や、盟主のフェニクサンダー・コーポレーションにまで影響力を持ち始めたのだった。

今や、ヘスは、フェニクサンダーの財力をほぼ自由に利用することができる。

ルドルフ・ヘスは、進んだドイツの医学――ナチスドイツの人体実験によって急速に進歩した医療技術によって、生命を保っていた。

ヘスは、九十六歳になるはずだった。『新人類委員会』は、老齢のヘスに導かれ、ヒットラーの野望を実現すべく秘密裡に活動を続けている。

「そう。『新人類委員会』が、私の悩みのタネであることは確かだ。だが、君には本当のところは理解できない」

「なぜだ？」

「日本人だからだ」

「日本人は、金勘定《かねかんじょう》以外のことでは頭がからっぽだと思っているわけか？」

「そうではない。では言うが、ヨーロッパの国々がドイツ再統一を恐れる本当の理由が君にわかるか？」

「西ドイツの人口が、現在約六千百万人。それでもヨーロッパ一の生産力を誇っている。ところが、東西統一ということになると、人口は一気に七千八百万人になる。人ロ、経済、軍事面で、イギリス、フランスの抑《おさ》えのきかない巨人になる」
「そう。それが日本人の考えかただ。そして、世界のジャーナリストの表面的な言いかただ」

「日本人は表面的なことしか見ていないというのか？」

「そうじゃない。ヨーロッパの人々の本当の恐怖に気づくことができないのだ」

「なぜだ？　どうしてそんなことが断言できる？」

「そのこたえを、君はさっき自分で言った」

「俺が何を言ったって？」

「『俺たちは神と契約していない』――君はそう言ったんだ」

真田は混乱した。ザミルは人のあげ足を取るような男ではない。

彼は黙っていた。ますますわけがわからなくなってきた。天気のいい昼下がり、急にイスラエル大使館の人間が訪ねてきて、何やら神に関したことを言おうとしている。

困惑するには条件が充分すぎるほどそろっている。

ザミルが言った。

「アメリカやヨーロッパの人々が、なぜ、日本の経済進出を嫌うかわかるかね？」

「やりかたがきたないからだろう？　自国のことながら、商売人たちの意地汚なさにはあきれるからな……」

「例えば、ゴッホの絵を買った日本人がいるということで、欧米のマスコミは批判的に扱った。だが、考えてみるがいい。ボストン美術館やニューヨークのメトロポリタン美術館を見れば、あの程度のものは十数点以上そろっているじゃないか」

「問題が別という気がするが……？」

「別ではない。フランスから絵を買い取ったという意味では同じことなのだ。日本人がやったから特別視されるのだ。欧米人は心の底では信じている。日本人に崇高《すうこう》な芸術など決して理解できない、と……」

「それは、俺たちがイエローだからか？」

「黄色人種であることだけが問題なのではない。もっと大きな理由がある。アメリカが、日本を非難する最大の点にアンフェアな貿易ということがある。だが、実際はアメリカのほうがずっと保護貿易の度合が強いのだ。アメリカが要求している品目のすべてを日本が自由化しても、アメリカの対日貿易赤字は三分の一も減りはしない。これは、世界中の――もちろんアメリカも含めて、あらゆる国々のエコノミストが断言していることだ」

「ただ単に、日本はアメリカから嫌われているに過ぎないのだ」

「わからんな……」

「はっきり言うんだな……」

「事実だ。『軍事負担なしにアメリカの傘の下でぬくぬくと経済復興を遂《と》げた日本人』『デッパで短足で国際マナーを知らない醜い日本人』『真珠湾を奇襲した卑劣な日本人』……。こうしたキャンペーンによって日本人は悪人にしたてられた。他の例で言おうか？　日本がアメリカに対して、自動車のダンピング輸出をしているとして問題になった。ダンピングなど絶対に許されてはいけないというのが、アメリカを中心とする欧米マスコミの言い分だ。

だが、一九八六年に、アメリカのＧＭ、フォード、クライスラー、ＡＭＣの四大自動車メーカーが、二年ローン金利ゼロ、現金なら千五百ドルまでの値引きといった実質的なダンピングを行なった。だが、これを非難した者はいなかった。

それだけじゃない。やがて、香港《ホンコン》、台湾、韓国などが同様のダンピングをやり始めても、アメリカのマスコミや国際世論はまったく関心を示さなかった。つまり、日本のダンピングに関する非難は、正当な国際常識から発したようなものではなく、もっと感情的なものだということだ」

「確かにそう聞くと、黄色人種であるというのはたいした理由ではないようだな。韓国や台湾に対し、アメリカの態度は柔らかだ……」

「日本人はもっと自分たちの置かれている環境を学ぶべきだ。いいかね？　もうひとつ例を挙げよう。日本人がアメリカの不動産を買いあさっているという非難がある。だが、アメリカの海外からの不動産投資の七十五パーセントはカナダとヨーロッパの国々によって占《し》められているんだ。日本など、わずか九パーセントに過ぎない。九パーセントという数字は、オランダの半分でしかないんだ」

「結局、あんたは何が言いたいんだ？」

「日本人は、さっき、君が自分で言ったような意味で、欧米人からたいへん奇妙に映るし、文化的に劣っていると信じられている」

「つまり……。つまり、キリスト教徒ではないから……？」

「そうだ」

「宗教と経済倫理がごっちゃになるなんてそんな、ばかな……」

「そう。それが日本人の考えかただ。だがキリスト教国の人間にとって、神との対話がすべてなのだ。自分たちの経済活動は神のもとにおいて正統なものでなければならないし、豊かな文化は神から贈られたものなのだ」

「仏教の文化はどうだ？」

「すばらしいものがある。だが、日本はタイやミャンマーに比べればわかるとおり、仏教国ではない。イスラム教の国でもゾロアスター教の国でもない。道教の国でもない。儒教の影響が強いと言われるが、韓国ほど儒教の教えに従っているわけじゃない。神道《しんとう》は日本独自の宗教だが、国民が神道の神事に精通しているとは思えない」

「日本人は非宗教的な人種だという非難は当たらない。いろいろな神を受け入れ、その一方では自然を信仰する……。信心深い国民でもあるんだよ」

「だが、先進国のほとんどはその言い分を認めない。自分たちと同じ神を信じていないからだ」

「ザミル……。宗教戦争でも起こりそうな口振りじゃないか？」

「宗教戦争？　すばらしい類推だ。その言いかたは当たっているかもしれない」

「何がだ？」

「『新人類委員会』とわれわれの戦いだよ」

真田はザミルの真意がつかめず、顔を見つめていた。もっとわかりやすい説明が必要だった。

2

真田とザミルが、噛み合わぬ話をしている昼下がりの時間、ベルリンでは朝の五時を過ぎたばかりだった。

ルドルフ・ヘスは、すでに目覚めていた。若い時代から、睡眠時間は少なくて済むほうだったが、年を取った今、朝はいっそう早く起きるようになっていた。

国鉄Sバーンのツオー駅から西へ三百メートルほど行ったところにある高級アパートの一室が、ヘスの病室に改造されていた。部屋のなかはたいへん贅沢《ぜいたく》な造りで、神聖ローマ帝国の伝統がしのばれた。

ベッドは、どっしりとしたもので、天幕が下ろされている。天幕はうすい布で、直射日光を柔らかくさえぎり、ベッドの主に適度な日光を与える役に立っている。

部屋の調度にはもちろん金がかかっているが、もっと高価なのは数々の医療機械や医療器具の類《たぐい》だった。

血圧、心電図、呼吸を監視するモニター。酸素吸入器のバルブ、点滴あるいは輸血用のスタンド、注射器やそれを消毒するための設備、いざというときの心臓ペースメーカーまで置いてある。

ルドルフ・ヘスの健康をチェックする医師たちは、いずれも経験豊かで優秀な者たちだった。

今のところ、ヘスはたいへんに快調だった。

そればかりか、ずっと興奮状態が続き、十歳も若返ったように見えていた。

今は部屋には誰もいなかった。

この高級アパートは、事実上、ヘスひとりの要塞《ようさい》と化していた。

すべての部屋に『新人類委員会』の実動部隊が寝泊まりしているし、同じ階は、ヘスの側近で占められている。

このあたりは、どちらかというと住宅が密集していない郊外なので、それほど住民の眼を気にする必要がない。

ヘスの住むアパートは、その町の人々から元貴族のＶＩＰが住んでいると信じられていたに過ぎなかった。

ルドルフ・ヘスは起き上がり、時間をかけてパジャマの上にローブを羽織《はお》った。

次に杖《つえ》の助けを借りてベッドから降り立つと窓に寄った。窓にはまだカーテンが下りている。

ヘスは少しだけカーテンの端をめくって、隙間《すきま》から外の景色を眺めた。

決して窓の正面に立つようなことはしない。窓の脇からのぞき込むようにして外を見るのだ。

長年の習慣だった。

窓の外はまだ薄暗かった。街が夜明けの青さのなかに沈んで見えている。

正面にTU《テーウー》（ベルリン工科大学）や音楽大学の荘厳な建物が見えている。

V字形をしたTUの学舎のとんがったほうを見ると、そこがエルンスト・ロイター広場だ。

噴水のある美しい大きなロータリーだ。

ふたつの大学のむこうには、広い森が広がっているのがわかる。動物園からティーアガルテンまで続く豊かな森林だ。

今、その森が黒々と見えている。もうじきその森のほうから日が昇るはずだった。

そのあたりの雲が黄金色に光り、わずかに朝焼けが見られた。

空は晴れている。

「すばらしい朝だ……」

ルドルフ・ヘスはつぶやいた。その言葉は不明瞭だったが、強い意志を感じさせた。

そこからは見えないが、森のむこうにブランデンブルク門があり、さらにベルリンの壁が横たわっているはずだった。

ヘスの興奮の理由は、まさにそこにあった。

彼は体の震えを感じていた。感動のためだった。

その日の夜明けの光景が、新しいドイツの夜明けを象徴しているように思えてならないのだった。

「ドイツが再びひとつになる」

ルドルフ・ヘスはまたつぶやいた。「総統《フューラー》の預言が現実となる日が来たのだ……」

ヘスは、予言とは言わず預言と言った。

予言というのは、何かを事前に予測して言うことをさす。

一方、預言というのは神の意志を告げる言葉のことだ。

ヘスのつぶやきは、ヒットラーが神の意志を告げていたことを意味している。

「ついに始まるのだ、わがドイツに『新たなる者』たちの千年王国を築く戦いが……」

その言葉は、聖書を日常読む者が聞いたら、心の底から恐怖するに違いなかった。

ザミルはすでに二杯目のウイスキーを飲み干していた。酔った様子は見られない。多少呼吸が早くなっているかもしれない。

だがその茶色の眼に濁りはなかった。

「『新人類委員会』は、わが国に侵入して、芳賀舎念《はがしゃねん》老人、および、芳賀一族を抹殺《まっさつ》しようと何度も試みた」

真田が言った。「その意味では、『新人類委員会』は、テロリスト集団だ」

「そう単純ではないことを、君は知っている。なぜ『新人類委員会』が、芳賀一族を抹殺しようとしているか――その理由を知っているはずだ」

「そう。芳賀一族が、ユダヤの『失われた十支族』の末裔《まつえい》だと考えるに足る理由があるからだ」

ザミルはうなずいた。

「それは私も認めていることだ。芳賀一族は間違いなく『失われた十支族』の末裔だ。だが、たぶん、それだけではない」

「それだけではない……？」

真田がザミルの顔を見つめた。「それはいったいどういう意味だ？」

ザミルは珍しく、しゃべりすぎたことを後悔しているようだった。酒のせいかもしれない、と真田は思った。

「いや……。いいんだ。その点については、今度、正式な調査団がやって来ることになっている」

「調査団？」

「気にせんでくれ……。問題は、どうして、『新人類委員会』が、『失われた十支族』を恐れるのか、ということだ。これは、君たち日本人には理解できないが、欧米の人間ならすぐにぴんとくる」

「いいかげんにしてくれ」

真田はうんざりとした顔をした。「きょうのあんたはどうかしているぞ、ザミル。明らかにいつもよりよくしゃべるが、あんたらしくもなく、もって回った言いかたで、何が言いたいのかさっぱりわからない。あんたが入ってきたときは、あんたは苛立っていた。だが今は、俺のほうが苛立っている」

ザミルは反論しかけてやめ、下を向いてかぶりを振った。右手を額に当てる。まだかぶりを振っている。

やがて落ち着いた眼で真田を見た。

「悪かった」

「わかるように説明してくれ。なぜ、日本だけが西欧先進国から叩かれるのか、なぜ、東西ドイツの統一の恐ろしさが、日本人にはわからないとあんたは言うのか？　なぜ、『新人類委員会』のもくろみの本当の意味を日本人が理解できないのか？」

ザミルはいつもの静けさを取り戻して言った。

「何度も言うが、すでに、君が自分でこたえを言った」

「俺が神と契約していないと言ったことか？」

「そう。君は自分がキリスト教徒でないことがたいしたことではないと考えているだろう。だが、それが日本人の大きな間違いだ。いいかね。西欧諸国にとって、近代化というのはキリスト教化するということなのだ。カトリックであれ長老派であれ、ギリシア正教であれ、清教徒であれ、同じ聖書を土台としているカトリック信者同士なら、議論ができる。だが、それ以外は論外だ」

「待てよ。韓国や台湾は、日本ほど欧米にいじめられないと言ったな。韓国は儒教の国だし、台湾は仏教の国だ」

「それも認識不足というやつだ。いいかね、韓国人は四人に一人――つまり二十五パーセントがキリスト教徒だ。台湾は確かに普及率は低い。が、それでも、あの島に約五十万人の信者がいる。これは、全人口の三パーセントに当たる。それに引きかえ、日本はどうか。これだけ欧米の風俗を受け入れながら、キリスト教の普及率は、〇・八八パーセントに過ぎない。つまり、経済・工業での先進国のなかで、日本は、ただふたつの非キリスト教国のひとつなのだ」

「ふたつのうちのひとつ？　もうひとつは？」

「ユダヤ教のわがイスラエルだ」

　真田は言葉を呑《の》んだ。

「ユダヤ人と日本人は、西欧の社会では嫌われ者だ。それは、キリスト教徒ではないからだと断言していい。それほどヨーロッパ人の生活や文化、思想、倫理観にキリスト教が深く浸透しているのだ」

「だから何だと言うんだ？」

「まあ、聞くんだ。われわれユダヤ人は、キリスト教徒と同じ聖典を読む。旧約聖書だ。だから、旧約聖書に述べられている神の預言についてはよく知っている」

「この世の終末、メシアの再臨――その程度のことは知っている。なるほど、言われてみると『新人類委員会』というのは、狂信者の集団かと思っていたが、決してそうとは言い切れないという気がしてきたな。つまり、そうした預言を、ヨーロッパ人は、日本人が受け止めるよりずっとリアルに感じているわけだ」

「そう。そして、終末のあとに何が来るかも知っている」

「『新たなる者』というわけだ。『新人類委員会』は、ヒットラーの遺志を継ぎ、『新たなる者』はドイツ民族のなかから生まれなければならないと考えているわけだろう」

「それだけではない」

ザミルは言った。「旧約聖書はそのときに、ユダヤの十二支族がひとつになることを預言しているんだ。つまり、『失われた十支族』はそのときに、再び世界の歴史のなかに姿を現わすことになる。ヨーロッパの聖書を読む人たちは、そのことをよく知っているのだ」

「何だって……」

「預言に向かって歴史は動き始めた。われわれ駐日イスラエル大使館は、他の国に駐在しているどの大使館よりも重要な任を得ている、つまり、『失われた十支族』を探す任務を与えられているからだ」

「見つけたんだろう。芳賀一族がそうだ」

「それだけじゃないと言ったのはその点だ。おそらく、古代日本人の多くは『失われた十支族』の血を引いていたと考えられるようになった。つまり、芳賀一族だけじゃなく、日本人全体が……」

「待て……。さっき、調査団がどうのこうのと……」

「本国から日本に調査団がやって来る。イスラエルが常にやってきたことだ。『十支族』に関係があると思われる事実が発見されると、すぐに正式の調査団を送ってきた」

「なぜ、そんな……」

「旧約聖書に預言されているからさ。『失われた十支族』を発見するのはユダヤ人である、と」

二代目東田夢妙斎《ひがしだむみょうさい》は、『新人類委員会』から新しい指令を受けるために山を降りることにした。

獣道《けものみち》もないような山林のなかで、十数人の若者が、シイやナラの幹に向かって、『山の民』の武術の基本技、『打ち』を放《はな》っていた。

空手の掌底《しょうてい》打ちに似ているが、掌底だけで打つのではない。てのひら全体で打つのだ。

その際に、膝にためを作っておき、足首、膝、腰と力を伝えていく。

さらに背、肩、肘と力を増幅させていって、てのひらからその力を発散させる。

それを一瞬のうちにやってのけるのだ。体のひねりやうねりを利用して打つわけだ。さらに上達すると、呼吸法を兼ね合わせる。

気を練ってからこの『打ち』を使うと、信じ難いほどの威力を得ることができる。

相手の体内に、ちょうど波紋を作るような形で衝撃を与えることになるからだ。

若者たちを直接指導しているのは、夢妙斎の片腕である安藤良造《あんどうりょうぞう》だった。

夢妙斎は、『新人類委員会』でただひとりの東洋人のメンバーだった。ルドルフ・ヘスに直接認められた特別な日本人だ。

夢妙斎はそのことにおおいに誇りを感じ、『新人類委員会』に心から忠誠を誓っていた。

真田や芳賀舎念たちとの戦いで山へ追われた夢妙斎だったが、山はもともと彼の故郷だった。

夢妙斎は、日本政府の支配下に入ることすら拒絶し続けている誇り高い『山の民』の生まれだった。

夢妙斎と安藤良造は、市街地へ出ては、手下となる若者を集め、山に入って『山の民』の拳法を指導した。

彼は、山のなかで私的軍団をまとめ上げつつあった。

夢妙斎は、海外のさまざまな紛争地帯で傭兵《ようへい》として戦った経験があった。

彼は、自分の私的軍団にゲリラ戦のノウハウを徹底的に仕込むことも忘れなかった。

安藤良造は、夢妙斎の力量に心酔している一番弟子であり、秘書でもあった。

「三日で戻る」

夢妙斎は安藤良造に言った。「それまでは移動せずに、このあたりにいてくれ」

「わかりました」

「内弟子たちの仕上げを急げ。容赦《ようしゃ》なく鍛えておけ。本格的な戦いは近い」

「それでは今回の指令は……」

「芳賀舎念との戦いに違いない。それも状況から見て、最終的な結着を命じてくるだろう」

「状況から見て？　やはり、東西ドイツの統合……」

「そう。では、あとをたのむ」

夢妙斎は、木々の間の灌木《かんぼく》や蔓草《つるくさ》をかき分け、下生えを踏み分けながら、またたく間に姿を消した。

夢妙斎は、南アルプスの東側を下り、一日で甲府《こうふ》へ出た。指令書は甲府郵便局に設けてある私書箱に届く手筈《てはず》になっていた。

夢妙斎一行は、甲府付近の山のなかを移動しながら訓練を続けているのだった。

彼は、甲府市の西側にある湯村《ゆむら》温泉までタクシーに乗った。湯村グランドホテルのまえで降りる。

地方都市によくあるタイプのホテルで、客室数はそれほど多くないが、立派な宴会場をそなえている。

夢妙斎はアメックスのゴールドカードの威力を発揮して、予約していなかったにもかかわらず、ツインルームを取った。

シングルルームは息がつまりそうになるのだ。

アメックス・ゴールドは『新人類委員会』が手を回して作ってくれたものだ。どんな小さなものでも、ステイタスシンボルというのは、いつか必ず役に立つ。

部屋に入るとすぐに指令書を開いた。ドイツ語――それも神聖ローマ帝国風の飾り文字で書かれている。

指令の内容はふたつあった。

完全武装して、芳賀一族殲滅《せんめつ》に備《そな》えよ。

日本の領空に侵入する航空機を支援せよ。

そのふたつの指令の内容が詳しく説明してあった。

武装については、横須賀にある、ラリー商会という小さな貿易会社を訪ねろということだった。

航空機支援に関しては、三百メートルほどの滑走路を持つ隠れ家を用意しろということだった。

三百メートルの滑走路——夢妙斎は思った。またしても、ハリアーを使おうというのか？

以前、『新人類委員会』が所有するハリアーGR・Mk3を日本国内に侵入させたことがある。

そのときには、夢妙斎が予想だにしなかった航空自衛隊の連係プレイによって作戦を阻止《そし》されたのだった。

自衛隊の見事な活躍の中心には、真田武男がいたことを夢妙斎は知っている。

『新人類委員会』は同じ愚行を繰り返すような連中ではない。統率《とうそつ》のとれた組織であり、合理的な組織だと夢妙斎は信じていた。

その点が不思議な気がした。

不思議な点はもうひとつ。

滑走路三百メートルというのは、やって来る航空機がハリアーであることを物語っている。そう考えて間違いない。

だとしたら、地上からの若干《じゃっかん》の援助が必要なはずだ。ハリアーGR・Mk3の航法装置は、優秀とは言い難い。レーダーすら持っていないのだ。

事実、前回、夢妙斎はハリアーを誘導するための電波を出し、さらにはハリアーの武器システムを助けるため、レーザーで芳賀舎念の住居を照らそうとしたのだ。

今回はその指令は含まれていない。

疑問はひとまず置いておくことにした。

山から降りた夢妙斎は久しぶりにゆっくりと湯につかり、明日のためのレンタカーの手配をフロントに頼んだ。

3

真田武男は目白《めじろ》の住宅街にある神社を訪ねた。

古びた小さな神社だが、立派な雑木林が本殿を囲んでいる。この森が、不動産屋のすさまじい攻勢をまぬかれていられるのは、奇跡と言ってよかった。

石段を登ると、そこに芳賀恵理《えり》が立っていた。

いつものことながら、真田は驚いた。

「俺が来ることがわかっていたんだな?」

「今さらそんなこと訊《き》かないで」

芳賀恵理は、芳賀舎念の孫娘だ。

芳賀舎念は、一般の人々には知られていないが、霊能力においては、日本で頂上に立つ人物だ。

山伏《やまぶし》、陰陽師《おんみょうじ》、神道系の除霊師・霊媒師、密教系の祈禱師《きとうし》などが彼のところへ修行に行く。

舎念のもとで修行をした後に、新興宗教を興《おこ》した人物もいる。

さらに、これは極秘事項だが、歴代、総理大臣が就任したときには、必ず舎念のもとを訪ね、挨拶《あいさつ》をするならわしになっているという事実を真田は知っていた。

また、総理が重要問題で決断に苦慮するようなとき、必ず相談をする人物がリストアップされているが、芳賀舎念は、常にそのリストに名をつらねているということだった。

恵理は、東京にいて、舎念の代理人をつとめている。

舎念は、出雲《いずも》の三瓶《さんべ》山《さん》の山中に庵《いおり》を編んでひとり、ひっそりと暮らしている。

さまざまな相談や依頼には、たいてい恵理が対処するのだ。

芳賀家の強い霊能力は、ほぼ隔世《かくせい》で遺伝するということだった。恵理は芳賀一族の強い霊能力を受け継いでいるのだ。

事実、恵理の父、邦也《くにや》は、特別な能力に目覚めることなく、現在、松江《まつえ》市に住み、島根県庁につとめている。平凡な一市民としての人生を送っているのだ。

ザミルが言うには、彼らの名は、明らかにヘブライ語だということだ。

ハガというのは『ヘブライ以外の祭礼』を意味するのだという。シャネンは『繰り返し学ぶ』という意味だし、エリは『最高』を、クニヤは『購入あるいは収益』を意味するという。

恵理はまだ高校三年生で、制服は、都内では少なくなってきたセーラー服だ。白い二本線に赤いリボン。

今は、白いポロシャツの上にジーンズのジャンパーを着て、チノクロスのコットンパンツをはいていた。

スニーカーは、白いリーボックだ。

「なぜ、俺がここへやって来たかわかるか？」

真田が恵理に尋ねる。

「わからない」

「正解だ。俺にも理由がわからないんだ」

「それはよくわかるわ」

「やはりあまり気分のいいものじゃないな。心のなかをのぞかれているというのは」

「のぞいてはいないわ。そう感じるだけ」

真田は恵理が妙に沈んでいるような気がした。いつもの小なまいきなくらいの明るさがない。表情にもかげりがあるし、うつむき加減でしゃべっている。

「どうした？　何かあったのか？」

彼女は唇を嚙《か》んでいた。

「たぶん、近いうちに、おじいさまが旅行することになると思うの……」

「旅行？　舎念翁本人がそう言われたのか？」

「聞いたわけじゃないけど……」

真田はそれ以上尋ねなかった。

芳賀一族の霊能力については何を聞いても理解を超えてしまうに違いないのだ。

恵理は常日頃、舎念とは電話で連絡を取り合っているに過ぎないと主張している。

だがそれだけでないことは確かだった。彼らは特別な通信チャンネルを持っている。一般にテレパシーと呼ばれているものに近いのかもしれない。

その霊的通信チャンネルには、距離は関係ないらしい。どんなに地理的に離れていても、まったく問題なく作用するようだった。

その点が、電波を使った通信機と違うところだ。

真田は最近よく思う。

通信機やファクシミリといった遠隔コミュニケーションのための道具は、彼女のような超常能力者、霊能力者の力をきわめて低いレベルで模倣《もほう》しているに過ぎないのではないか、と。

「聞いたわけではないけれど、そんな気がする？」

恵理はこたえる代わりに肩をすぼめて見せた。

「それが心配だというわけか？」

「おじいさまの身を直接心配しているわけじゃないの。おじいさまのことをあたしなんかが心配しても始まらないわ」

「そうかもしれないな……」

芳賀舎念は超絶的な霊能力者だ。彼がその気になれば、世のなかのありとあらゆることを手玉に取れるのではないかとさえ真田は思うことがある。

「あたしが感じているのは、もっととらえどころのない不安なの」

「不安？」

「そう。不安。そして胸騒ぎ。まるで、西の空から、真っ黒で厚い雲が近づいて来るのをじっと見つめているような……。そうなの、嵐が来るときと同じ。それは確実にやって来ることがわかっているのだけれど、どこにも逃げることはできない……」

「まったく、ザミルといい君といい……。いつもの冷静さを欠いちまってるんだから……」

恵理がさっと真田の顔を見た。

「ザミルさんが？」

「そう。ひどく落ち着きがなかった。よくしゃべったしな。わけのわからないことをぺらぺらと話しまくるんだ。まるであいつらしくなかった……」

「わけのわからないことって、どんなこと？」

「そうだな……。どうして日本だけが西欧諸国から白い眼で見られるのか、とか、その理由は日本がキリスト教国ではないからだ、とか……」

「それから？」

「特に妙なのは、旧約聖書の預言について話をしたときだったな」

「どんな預言？」

「まあ、よく知られていることだが、終末のあとに救世主が現われるという話だな。つまり『新人類委員会』の言う『新たなる者』の世界だ。ザミルが言うには、そのときには、ユダヤの十二支族がひとつになる。そのために、『失われた十支族』を発見するのは、現在のイスラエルを築いた二支族のユダヤ人だ、という預言が記されているそうだ」

「『新人類委員会』は、その預言を知っているはずね」

「知っているだろう」

「『新人類委員会』というよりも、ヒットラーが……」

真田はうなずいた。

「知っていたに違いない。ルドルフ・ヘスは、ヒットラーの遺志を継ぐために『新人類委員会』を運営しているのだからな」

そこまで言って真田はふと気づいたように言った。「まさか、舎念翁の旅行先というのは、ベルリンじゃないだろうな……？」

「そこまではわからないわ。でも、あたしもそんな気がするわ」

「君がそう言うのなら、ほぼ間違いないだろう。おそらく、舎念翁は、ルドルフ・ヘスに直接会いに行こうとしているんじゃないだろうか」

「真田さんもそう思う？」

真田はしばらく恵理の顔を見つめていた。

つやのある長い髪。前髪だけが眉のあたりで切りそろえられている。端整な目鼻立ちで、表情はいつも明るく、豊かだ。

その顔が今、不安をたたえ蒼《あお》ざめたように見える。

真田は、眼をそらしてかぶりを振った。

「いったいどうしたっていうんだ、誰も彼も……。何をそんなにびくついている。最終戦争がついに起こるとでも言うのか？」

「聖書の預言というのはばかにできないわ」

「聖書の預言はすべて現実になるとでも言うのか？　いいか、世のなかの出来事なんて、見かたによってどうにでも解釈できるんだ。宗教家や聖書研究家は都合のいいように、歴史的事実を読み替えるんだ」

「そうとは言い切れないわ。問題は、長い年月にわたって、同じ内容がのべにしてものすごい数の人々に信じられてきたということよ。この事実は、霊的に言ってたいへん大きなことなの。信じる力は、物事をそちらの方向へ持っていくのよ」

真田は反論を試みようとしたができなかった。思い当たることがあったのだ。

「有名な心理学の学説だ。強く長く願い続けるほど、その願望がかなう率は高くなる……。だが、一般には潜在意識の問題とされている。つまり、あることを強く願い続けていれば、日常、次々と目のまえに現われる選択肢を、無意識のうちにその願望の方向に選んでいく。願望の達成は、その集積の結果だ、と……」

「霊的に言うと、たったひとりの祈りであっても、強ければその人の環境を変えるくらいの力は発揮できるということになるの」

「……そいつも解釈の問題だな……」

「いいわ、潜在意識という解釈でも」

恵理はいつもの自信に満ちたいたずらっぽい表情を取り戻しつつあった。「潜在意識と選択肢。いい例だわ。例えば歴史の節目節目《ふしめ》に大きな選択肢があるわけよね。そこで考えてほしいのは、私たちが歴史と呼んでいるのは、ほとんどがキリスト教国によって作られた歴史だという点よ。それ以外の歴史は、一般的ではなく特定化されるわけ——つまり、インド史であり、イスラム史であり、モンゴル史であり、アジア史であるわけ、今言ったどれも世界では普遍性を持ち得ないわ」

「君は本当に高校生か？」

「以前、ザミルさんにも同じことを言われたわ。いい？　歴史というのはキリスト教徒によって作られる——これがローマ以降の世界の常識だと西欧の人は信じてるわけ。……で、さっきの問題。歴史の節目に、大きな選択肢がやって来る。もし、潜在意識に共通のものを持っている大多数の人がいたら、どうなる？」

「その大多数の思うほうに歴史は動くだろう」

「そして、ヨーロッパの人々の共通認識となり、潜在意識にまで入り込むものと言ったら？」

真田はうなずかざるを得なかった。

「認めるよ。そいつは聖書だ」

「……で、新約聖書より旧約聖書のほうが、おそらくより多くの人の潜在意識に残っているはずよ」

「聖書の物語の多くは旧約聖書から取られているしな。それに、キリスト教徒だけでなくユダヤ教徒も旧約聖書の預言を読む」

「そう……」

真田は、意味もなく無言で周囲を眺め回した。

「だが……」

彼は言った。「だが、キリスト教徒とユダヤ教徒の聖書の預言は異なるはずだ」

「そう」

恵理はうなずいた。「共通する部分もあるし、相反する部分もある」

「その場合、どちらを信じればいいんだ？」

「霊的な意味では」

恵理は言った。「ユダヤ教徒の思い込みのほうが純粋で強力だわ。それしか言えない」

それしか言えない——真田はそのひかえめな表現に反して、決定的なこたえを聞いた気がしていた。

長い沈黙。

真田が言った。

「ヒットラーは熱心なキリスト教徒だったな……」

「自分自身を、啓示を受けた預言者だと思っていたらしい記録があるそうね」

「なぜ彼が憑かれたようにユダヤ人を殺さねばならなかったか……。その理由も、今、君が言ったことから考えられるかもしれない」

恵理は何も言わなかった。

「何てこった」

真田はひとりごとのように言った。「頭のなかを整理できるかと思ってここへやって来たんだが、ますます混乱してきた……」

「混乱しているわけじゃないと思うわ」

「何だって？」

「筋の通らない話を聞いたわけじゃないもの。ザミルさんが言ったことも、あたしが言ったことも、充分、真田さんが理解できる範疇《はんちゅう》の話のはずよ。問題は、真田さんが何をすればいいかがわからない点だと思うわ」

「ようやく気を落ち着かせてくれる言葉を聞いた気がする。だが、誰だってやるべきことなど見つからないに決まってる」

「そうかしら？」

真田は、その口調がなぜか気になった。どこがひっかかったのかは自分でもわからなかった。

彼はそのことについて考え、黙っていた。

ぽつんと恵理がつぶやいた。

「そう、ザミルさんがねえ……」

その言葉が、その夜の会話の最後だった。


イスラエルから文化使節団が来日した。

日本の文化を取材し、研究するのが目的と報じられていた。

一般の人々は、この小さなニュースにほとんど関心を示さなかった。

日本政府は、イスラエルのガザ地区におけるパレスチナ人たちの扱いをどう評価していいか決めかねていた。

そのため、使節団の受け入れに慎重だったが、結局は了承した。何事もことなかれ主義で運ぼうとするのが日本政府のやりかただ。

使節団は、日本の主だった都市を訪れ、民間に残っている唄や踊り、そしてそれぞれの土地の方言などを記録することになっていた。

さらには、伊勢《いせ》神宮、出雲大社、宇佐《うさ》神宮の三社を訪れる予定だった。

ヨセレ・ザミルは、通訳兼案内役をつとめることになっていた。

使節団のメンバーのなかには、ザミルと同じく諜報機関モサドの局員も含まれていた。

もちろんその事実は厳しく秘匿《ひとく》されていた。

モサドのメンバーはウリ・シモンという名だった。

モサドは、発足当時から特殊な機関だった。一九五一年、ベングリオン首相は、情報の混乱を排除するために、情報組織の整理統合を行なった。

その結果生まれたのが、軍事情報班アマンと特殊任務を帯びた諜報機関モサドだった。

ベングリオン首相は、モサドの任務がたいへん危険で困難なものになることをよく認識していた。そのため、ベングリオン首相は、モサドについては、『特務』という言葉を公式の呼称のなかに含めたのだった。

モサドは軍事、刑事、民事を問わず、すべての特殊任務にたずさわる。この事実は、カンパニーと呼ばれるアメリカのＣＩＡなどとは少しばかり事情が異なることを物語っている。

　ＣＩＡは、スパイ組織として悪名が高いが、タフな実動部隊はそれほど多くはない。組織としては、総務、諜報、作戦、科学技術の四つに分かれている。

　ワシントン郊外のラングレーにあるＣＩＡ本部に出入りする職員の多くはアイビーリーガーだ。

　モサドにも、もちろん科学者や作戦の専門家はいる。しかし、ＣＩＡと違うのは、圧倒的に実動部隊の比率が高いということだ。端的に言えば、モサドにいる限り、科学者であっても政府学者であっても、軍事訓練を受け、諜報活動の基礎を学ぶのだ。

　ウリ・シモンもどちらかといえば文官タイプではあったが、戦士であることも確かだった。

　彼は体格のいい若者で、二十七歳の中尉だった。モサドには多くの伝説の人物がいる。モサド育ての親といわれるイッサー・ハレル。今世紀で最も輝かしいスパイと評されるエジプト系ユダヤ人のエリ・コーエン。一九六七年に、中東情勢について、ＣＩＡの専門家たちを相手にひとりでわたりあった当時の主任、メイア・アミト……。

　ウリ・シモンは、ヨセレ・ザミル少佐が、いずれそうした伝説のなかのひとりになることを信じていた。

ザミルは、大使館に着いた使節団ひとりひとりと握手を交した。ウリ・シモンとはことさらに固い握手をした。

「いっしょの任務につけて光栄です、少佐」

ウリ・シモンは言った。

「そうかね」

ザミルは言った。「だが明日にはその点について恨《うら》み言《ごと》を言っているかもしれない」

「そんなことはありません、少佐。お約束します」

ザミルはシモンを見つめた。浅黒い肌は日焼けではなく生まれつきのようだ。濃い茶色の眼に黒いまっすぐな髪をしている。まるで東洋人のように。

ザミルは彼が、エジプト系ユダヤ人ではないかと思った。たいへん辛い思いをしているユダヤ人だという意味だった。

「いいだろう」

ザミルは、いつもの淋しげなほほえみを浮かべた。

「少佐と呼ぶのはうまくない。ヨセレと呼んでくれ、ウリ」

「少佐がそう言われるのでしたら」

「ところで、予備調査の概略を誰に聞けばいいんだ？」

「よろしければ私が」

「私の部屋へ来てくれ。こっちだ」

ザミルは使節団のなかからシモンを連れ出した。

イスラエル本国の本当の目的は、シモンを自由に日本国内で活動させることだった。文化使節団はカムフラージュと言っていい。

シモンだけがザミルに呼ばれたことについて文句を言う者はひとりもいなかった。

4

ヨセレ・ザミルはウリ・シモンに椅子をすすめると、自分も机に向かってすわり、尋ねた。

「今回、君たちの来日が決定したということは、本国における予備調査の結果、手ごたえがあったということなんだね?」

ウリ・シモンはうなずいた。

「そのとおりです。日本はきわめて興味深い国です」

ザミルは黙ってうなずき、話の続きをうながした。

シモンは言った。

「アメリカ合衆国が露骨《ろこつ》に日本を憎み始めてから、私たちは急速に興味の度合を深めました」

「つまり、われわれと日本の先住民族は同じアブラハムの子孫である可能性が大きいということだな」

「そう。日本の先住民族は決して単一ではありませんでした。多種多様の民族が入り混じっていたものと思われています。その名残《なごり》を現在、日本語に見ることができます。日本語は言語学上の孤児です。日本語と完全に同族と見なすことのできる言語は世界中どこにも存在していません。しかし、日本語にはさまざまな民族の言葉の断片を発見できるのです。日本語は、ミクロネシアの言葉、ウル・シュメール語、ドラヴィダ語、そしてわがヘブライ語などの要素が混ざり合ってできあがっていると考えることができるのです」

「日本が中国や朝鮮半島の文化圏に入るまえは、独自のきわめて特殊な複合民族文化を持っていたことはすでに明らかと言っていい。当の日本人たちは、それをなかなか認めたがらないがね……」

「そうです。その古代の民族のなかに、『失われた十支族』の末裔がいても不思議はないと私たちは結論づけました」

「それは、日本に長く滞在している私が実感している」

「私たちはさらに、日本先住民のなかで、『失われた十支族』の子孫たちが大多数を占めていたのではないかと考えています」

「想像していたとおりだ」

「さまざまな文献を検討して、私たちは心底驚いたことがあります。古代ユダヤの神事と、日本の神道に、あまりに多くの共通点があったからです」

　ザミルはうなずいた。

「芳賀舎念と恵理は知っているね」

「はい。報告を受けています」

「その芳賀恵理に初めて会ったときに聞いたことがある。日本の神社は檜《ひのき》という白木を使う。わがユダヤの神殿もソロモン王の時代からサイプレスというよく似た白木を使っている。一般信者の参拝する場所と、人が立ち入れない至聖所が分かれている構造も、日本の神社とわが神殿に共通している。神官の服装もそっくりだ。日本ではカンヌシと言うのだがな。古代ユダヤの祭事では、神官がヒソップの枝で清めの儀式をやった。日本ではカンヌシがヒソップとそっくりの榊《さかき》という枝で清めをする。オハライと言うのだそうだ。清めに塩をまく習慣も共通している。古代ユダヤでは赤と紫を神聖な色としたが、日本でもそれは同じだ」

「その点はすでに検討しました。実際にこの眼で確かめてみるのが、今回の来日の目的でもあります」

「あらかじめ言っておくと、私が見た限りでは、恵理の言葉に嘘《うそ》はなかった」

「われわれも神社には特に興味を持っています。伊勢神宮の見学は、今回の来日の最重要ポイントと言っていいでしょう。伊勢神宮には、皇室の菊の紋とともに、ヘロデ王の菊花紋とダビデ王の星の紋がそろって刻まれている石のライトスタンドが並んでいるそうです」

「石灯籠《いしどうろう》というのだ。その話は私も聞いたことがある」

「さらに、ユダヤ暦と同じく、伊勢神宮の暦も十月から始まるということです。また、出雲大社では十月が神々の集まる月とされて、神々を迎える祭りがあるそうです」

「そう。日本全国の神が出雲に集《つど》うため、各地の神がいなくなる。それで日本人は十月を昔から『神の無い月』と呼んでいる」

『神の無い月』——つまり『神無月《かんなづき》』だ。

シモンは言った。

「さらに、日本のある神学者によれば、ヘブライ語が語源と考えられる日本語の単語が千二百語以上あるということです。これほどの文化の共通性は偶然ではあり得ません。近隣の国ならまだしも、日本とイスラエルは地理的に遠く離れています。特別な理由があると考えるのが自然でしょう」

短い沈黙があった。

「万軍《ばんぐん》の主《しゅ》は、ご自分の群れであるユダの家を訪れ、彼らを戦場のすばらしい馬のようにされる……」

ザミルはつぶやくように言った。シモンはもちろんその言葉の意味をすぐ理解した。

旧約聖書のなかの預言のひとつ、ゼカリヤの一節だった。

ゼカリヤは奇妙な戦いの預言を残している。ユダヤの人々が必死になって戦っているが、敵のことが語られていないのだ。

ただ、ユダヤ人が泥だらけになって戦う姿だけが語られる。そしてついには、『その心は、ぶどう酒に酔ったように喜ぶ。彼らの子らは見て喜び、その心は主にあっておおいに楽しむ』と預言される。

この預言を単にイスラエルの戦い――つまり中東戦争と解する者もいたが、別の解釈をする人間も少なくなかった。

ユダヤ人の、『失われた十支族』を探し出し、ひとつの民族となるための戦いと解釈できるのだった。

それ故に、『失われた十支族』の末裔を発見するのは、他のどの民族でもない、ユダヤ人であると信じられているのだ。

ザミルは、うつむいて何事か考えていたが、やがて顔を上げてシモンを見た。

「わかった。レセプションがあるはずだ。みんなのところへ行ってくれ。私も遅れて行く」

「はい」

シモンは立ち上がり、ドアの外へ出て行った。

ザミルはしばらくひとりで考える時間がほしかった。


横須賀港の近くにある『ラリー商会』はすぐに見つかった。三階建ての古いビルの二階に『ラリーズ・トレーディング・オフィス』と英語で書かれた看板がかかったドアがあった。

廊下は埃《ほこり》とかすかなかびのにおいがした。

二代目夢妙斎はドアをノックした。

「どうぞ」という野太い声が聞こえた。日本語だが、西洋人の訛《なま》りがある。

夢妙斎がドアを開けると、カウンターのむこうで、ソファーにくつろいでいる白人が見えた。

たくましく大きな男だった。胸と肩や腕の筋肉が見事に発達している。

白人は火の消えた葉巻をくわえていた。立ち上がらず、青い眼を出入口に向けた。

「ミスタ・ラリー？」

夢妙斎が言った。

「そうですが？」

彼は日本語で言った。まだ立ち上がらない。日本の習慣に従う気がないのだ。

いや、彼は、世界のどの習慣にも従う気などないように見えた。

「買いたいものがある」

「商売の話ですか」

ようやくラリーは立ち上がり、カウンターに歩み寄った。

ラリーは百九十センチ以上あった。体重は百キロ近くあるに違いない。だが脂肪太りではない。

それは鍛え上げられた筋肉と、がっしりした骨格の重みだ。

彼はかつて海兵隊の猛者《もさ》だった。退役してそのまま横須賀に残り、商売を始めたという変わり者だ。

「それで何がほしいのです？」

「武器だ。強力なものがいい」

ラリーはおおげさに天を仰いだ。

「何の冗談ですか、それは！」

「冗談ではない」

夢妙斎は、その種の世界だけに共通な、鋭い眼でラリーを見つめた。「時間を無駄にしたくないのだ」

ラリーは、その眼に気づいた。だが表情を変えなかった。

「私はね、細々と輸入業をやっているんですよ。たいていは、アクセサリーやTシャツなんかをブティックに卸《おろ》したり、米軍の放出品や革製品をミリタリーショップに卸したりしているんです」

彼は事務所の一ヵ所に積まれた段ボールの箱を指差した。

その段ボール箱から迷彩色の戦闘服がはみ出していた。古着屋やミリタリーショップでは、こうした放出品にいい値がつくのだ。

「何度も言わせないでくれ。私は時間を無駄にしたくないのだ」

夢妙斎は、アタッシェケースに詰まった札束を見せた。ドイツ系の銀行の東京支社に振り込まれていた金の一部を現金にしてきたのだった。

こうした取り引きにクレジットカードは使えない。

それでもラリーは動じなかった。

「何の話かわからないと言ってるだろう」

ラリーは、警察の手入れを警戒しているのだ。ラリーから見れば、夢妙斎が警察の人間でないという保証は何もない。

ラリーが、比較的外国人とは簡単に話を進めるのはそのせいだ。外国人の警察官はいない。

日本人が彼にとって一番始末に負えないのだ。

夢妙斎は、内ポケットから『新人類委員会』の指令書を取り出した。

「私は日本の司法当局の人間などではない。君なら、この委員会の名前くらい知っているだろう」

ラリーは、そのレターヘッドに刻印されたマークを見つめた。何も言わず、いつまでも見つめている。

夢妙斎が言った。

「チベット人のガルツェ、国籍を持たないミハエル・コワルスキー、そしてパレスチナ共闘軍コマンドの立花。これらの男たちに武器を売ったことがあるはずだ。彼らも『新人類委員会』の命令を受けて働いていた連中だ。そして、この私は『新人類委員会』のメンバーだ」

「なめるなよ、イエロー」

ラリーが言った。「俺もこういった組織の噂は聞いたことがある。だが、こいつらはナチズムの狂信者で、ゲルマン民族至上主義のはずだ。おまえのような日本人が相手にされるわけはない」

ラリーは、ぐっと体をまえに乗り出した。たいへんな威圧感だった。

だが、夢妙斎はラリーを堂々と見返していた。夢妙斎の眼光がやがてラリーを打ち負かした。

ラリーは体を引いた。

「私は例外なのだよ。私は唯一、『新人類委員会』の代表者に認められた日本人なのだ。そのことを誇りに思ってる」

「ナチズムとエコノミックアニマルか……。見事な取り合わせだが、あんたを認めたその代表者というのは何者なんだ？」

「それは言えない」

「そいつが聞ければ、あんたを信用してもいいような気がするんだが……」

夢妙斎の判断力はすぐれていた。ラリーが秘密を守れないような男なら、武器を受け取ったときに殺してしまえばいい。

「それを聞くには、それ相当の覚悟が必要だ。君のところからどこかへその秘密が洩《も》れたとわかったら、われわれは君を生かしておくわけにはいかなくなる」

今度はラリーが考え込む番だった。

「俺は口が固い。そして用心深い。臆病なくらいにな」

「いいだろう。教えよう。『新人類委員会』の総帥《そうすい》は元ナチスの副総統、ルドルフ・ヘスだ」

ラリーは口を真一文字に結んで夢妙斎の顔を見つめていた。彼は裏の世界の事情に通じているだけに、その話を単なる作り話とは考えなかった。

彼はうめくように言った。

「悪夢のような話だ……」

「そうかね？　連合軍は自由と平等のために戦ったと信じている。だが、実は、ヒットラー総統のほうがより深く、より多くのことを考えていたのだ。人類の未来にとってね」

「ヘスが生きている」

「一九八七年八月十七日、シュパンダウ刑務所の最後の囚人として死んだルドルフ・

ヘスは影武者《ダブル》だったのだ」

ラリーはうつろな眼差しでしばらく考え込んでいたが、やがて、夢妙斎を見つめて言った。

「何が欲しいって？」

「ハンドガン、サブマシンガン、スナイパー用ライフル。それに充分な弾丸」

ラリーは、今度は素直にうなずいた。

「実を言うとな、ペレストロイカで、ソ連がアメリカに歩み寄ったり、紛争地帯からソ連軍が撤退したりでね、武器の在庫は豊富なんだよ」

ラリーは、レオーネ４ＷＤを、古びた倉庫のまえに着けた。

同じ形の倉庫がいくつも並んでいる。そのあたりの倉庫はどれも古く、扉が錆《さ》びていた。

ラリーは大きな錠前を外し、鉄のかんぬきを抜くと、観音《かんのん》開きの扉を引いて開いた。

なかに入ると、扉を閉め、内側からしっかりと鍵《かぎ》をかけた。

倉庫にはアクセサリーや衣類の詰まった箱が積まれていた。ラリーは、その段ボールの箱を脇へよけ、床の鉄板を持ち上げた。

地下へ降りるコンクリート製の階段があった。夢妙斎はラリーに続いて階段を降りた。

階段を降りきると、厚い防音ドアがあった。ドアノブの代わりに、録音スタジオのような大きなレバーがついている。

ドアをくぐると射撃場になっていた。正面に人型のターゲットが四つ、等間隔で並んでいる。

すべての壁には吸音材が貼ってある。

奥の棚にはストックのさまざまな銃が置いてあった。

夢妙斎は、その地下室を見回した。

ラリーが、期待するような眼を夢妙斎に向けた。だが、夢妙斎は何も言わなかった。

「たまげた、とか、たいしたものだ、とか感想を言ってもらいたいもんだな」

「ずいぶん稼《かせ》いでるようだな」

「やっぱり日本人だ。そういう言いかたしかできないんだな」

「ここに連れてこられた人間は、驚いたり、ほめたりしなくちゃいけないのか？」

「そのとおりだ。なぜなら、それが、このラリーさまの楽しみのひとつだからだ」

夢妙斎はラリーの軽口に付き合う気はなかった。

「どんな銃があるか見せてくれ」

ラリーは肩をすぼめてから、奥の棚のほうへ行った。

彼は、大小の布の包みを持って戻ってきて、それを大きな木のテーブルの上に置いた。木工作業用のがっちりとしたテーブルだ。その上には、銃を調整するための万力《まんりき》やヤスリ、油のスプレーなどが置いてある。

ラリーは、にやりと笑って見せた。夢妙斎は明らかに自分より年を取っている。いざ殴り合いとなっても万にひとつも自分が負けることはない――彼はそう思っているのだった。

夢妙斎は無言で小さなほうの布の包みを開いた。布には油がたっぷりと染《し》み込んでいる。

夢妙斎は出てきた自動拳銃を手に取ってじっと見つめていた。

ラリーは、笑いを抑えているようだった。

夢妙斎はさらに大きいほうの包みを開いた。

夢妙斎の顔色がわずかに変わった。ラリーが大笑いを始めた。

「あんたらナチの残党にはもってこいだろう」

小さいほうの包みのなかには、ドイツ軍の制式ピストルとなったワルサーP38が、大きいほうの包みには、やはり第二次世界大戦時のドイツのサブマシンガン、MP40が入っていた。

夢妙斎は、MP40をテーブルに叩きつけるように置いて、笑い続けるラリーに一歩近づいた。

ラリーはなおもにたにたしながら言った。

「気にくわなかったかい?」

「冗談はほどほどにしろ」

「ワルサーP38は、今でも愛好者に人気が高い銃だ」

「私は銃の愛好者ではない。現代の戦いのために充分に役立つ銃を必要としているんだ」

「そういう口のききかたは気に入らんな」

「気に入らんからどうしたというんだ」

「俺なりの礼儀を教えてやろうってのさ」

ラリーはいきなり左フックを見舞った。ヘビー級のフックがうなりを上げて、小柄な夢妙斎の顔面へ飛んだ。

この体重差があれば、夢妙斎は一発で戦力を失うはずだった。フックは奇襲にきわめて有効な技だ。パンチが視界の外から飛んで来るのだ。

だが、ラリーのパンチは空を切った。

夢妙斎は、すべるように足を動かし、そのパンチをぎりぎりでかわしていた。

ラリーは、反射的に右のアッパーを突き上げた。元海兵隊のタフさを思い知らせてやるつもりだった。

夢妙斎は身をひねるようにして、アッパーをよけた。彼の右てのひらが、ラリーの胸にすっと触れた。

次の瞬間、ラリーはその一点で何かが爆発したのではないかと思った。すさまじい衝撃だった。ラリーはもんどり打って後方へ倒れた。しばらく動けなかった。夢妙斎の極上の『打ち』が決まったのだ。

しばらくして、ラリーがもぞもぞと動き始めた。

ラリーが何とか立ち上がるまで、夢妙斎は黙って見つめていた。

ラリーは立ち上がり、不思議そうな眼で夢妙斎を見ていた。

夢妙斎は言った。

「さ、今度は、骨董品ではなく、もっとまともなものを見せてくれるだろうな」

5

ラリーは棚ではなく、部屋のすみに置いてある木箱のほうへ行った。そこから、紙の箱を取り出してきた。

粗末なボール紙でできた箱で、慣れている者なら、一目見て拳銃の箱とわかる。

夢妙斎が言った。

「コピー拳銃の箱のように見えるが？」

ラリーは一転してぶっきらぼうな口のききかたになっていた。

「文句なら、中身を見てから言うんだな。掛け値なしのおすすめ品だ」

夢妙斎は、ラリーがテーブルの上に無造作に放り出した箱を、引き寄せた。

開けると、油まみれの自動拳銃が現われた。新品のように見えた。

「Cz75か……」

チェコスロバキア製、九ミリ・パラベラム弾（九ミリ×十九）使用のオートマチック拳銃だ。

まるでマリネのように油づけになっている銃を、ワルサーをつつんでいた布でふき取り、手に取ってみる。

「仕上げが荒いじゃないか」

「エコノミー版ということで、アメリカで出回っている。そう、仕上げはガンブルーじゃなくブラックだ。表面もあまりよくポリッシュされていなくて、ザラザラしている」

「アメリカは、チェコから輸入できないはずだ……」

「だが、間違いなくそいつは本物だ。誰かが抜け道を見つけた。俺がそれを大量に仕入れた」

本物のCz75ならまったく文句はなかった。最近のオートマチック拳銃は、九ミリ・パラベラムが主流になりつつある。

米軍も、制式拳銃を四十五口径のコルトガバメントから、九ミリ・パラベラムのベレッタM92Fに切り替えた。

四十五口径はインチ表示で、ミリに直すと、十一・四三ミリ口径となる。また、九ミリは、インチ表示にすると三十八口径ということになる。

Cz75は九ミリ・オートマチックのなかでも、きわめて性能がいいので有名だ。

夢妙斎は無言でフィールドストリッピングを始めた。

遊底《スライド》とフレームのうしろに切り込みのマークがある。スライドを約五ミリ後退させてそのマークを合わせる。

そうすると、スライドストップが抜き取れる。

スライドストップを左側へ抜き出すと、遊底《スライド》全体が前方へ抜き出せた。

遊底《スライド》のなかから、リコイルスプリングを抜き取る。発射時にガス圧で後退した遊底《スライド》を、元の位置に戻すためのスプリングだ。

その後に、バレルを抜き取る。これで通常の分解は完了だ。

夢妙斎はすべてを五秒以内にやってのけた。

どの部分にも油がべっとりとついているので、夢妙斎は何度も布でぬぐわなければならなかった。

夢妙斎は各部品を見て満足した。外面の仕上げのような雑さはなかった。バリなどひとつもない。

再び銃を組み立てると、夢妙斎はトリガーを引いてダブルアクションで試してみた。

なめらかにトリガーが引けた。小気味いい音がしてハンマーが落ちる。

ラリーはその様子を黙って見つめていた。この男に、なめたような態度を取ったのは間違いだったと彼は悟っていた。

さきほどの格闘の腕前といい、銃に慣れた手つきといい、この男は間違いなくプロフェッショナルだとラリーは思った。

夢妙斎がラリーを見た。

「撃ってみたいが？」

ラリーは腕を組んだまま、下になったほうの手を広げて、弾丸がいっぱいに装塡《そうてん》されたマガジンを示した。

Cz75のマガジンはダブルカアラム――つまり、弾丸が二列に入るようになっている。

そのため、装弾数が十五発と多い。最近の自動拳銃は、ほとんどが同じようにダブルカアラムでたくさんの弾丸を込められる。

例えば、グロック17は十七発、ステアーGBは十八発もの弾を装塡できる。旧世代のワルサーP38やPPなどは八発しか装塡できない。

夢妙斎が、現代の戦闘に役に立つ銃、と言ったのはそうした意味だ。

夢妙斎は、まずマガジンから十五発全部のカートリッジを抜き取り、チェックしてからまたマガジンに込め直した。

ラリーは文句を言わなかった。筋金入りのプロフェッショナルは自分の眼と耳以外をたやすく信用したりはしない。

夢妙斎は、グリップの下からマガジンを叩き込んだ。銃口を床に向け、遊底《スライド》を引いて初弾を薬室《チエンバー》に送り込む。

そのまま、標的に照準を合わせるまで、銃口は床に向けていた。銃の危険性をよく知り抜き、そうした動きが身についているのだ。

初弾を撃った。

慎重に狙《ねら》っている。着弾の位置を確認する。第二弾、第三弾も一発ずつゆっくりと撃った。そのあとは、二発ずつ三発ずつの連射をした。

すぐさまマガジンは空になった。

ラリーは、ヘッドホン型のイヤーガードをつけず、両手で耳をふさぎ、さらに鼓膜がやられないように、口を開いていた。

夢妙斎もイヤーガードはつけていない。彼は発射音をまったく気にしていない様子だった。

「いかがです?」

ラリーが尋ねた。

「問題ないようだ。何挺《ちょう》ある？」

「今、一ダースありますが？」

「五挺選ばせてもらう」

ラリーはうなずいて、十一の箱をかかえてきた。

夢妙斎は手が油まみれになるのも気にせず、すべての銃のトリガーを引いてみた。四挺を選び出すと、さらにすべてをフィールドストリッピングして部品を調べる。一挺分解するのに五秒とかからないのだから、時間がかかるわけではない。

やがて夢妙斎は、五挺のCｚ75を選び出した。

ラリーは、黙って、今度は少し細長い紙箱を出してきた。今度の箱は、さらに粗末な感じがした。箱には、メーカー名も銃の名も何も記されていない。

夢妙斎は無言でその箱の上蓋《うわぶた》を持ち上げた。

コンパクトなサブマシンガンが収まっていた。グリップやバーチカルグリップの部品などは耐久性のあるプラスチックで作られている。

ショルダーストックは、最上部に折りたたんである。無駄な部分はひとつもない。

「スペクター……」

夢妙斎がつぶやくと、ラリーは驚いた表情で言った。

「よくご存じで……」

「とっくに理解しているものと思っていたが、君は素人を相手にしているわけじゃないんだ」

ラリーは肩をすぼめた。

「すばらしい銃だ。安全性、命中率ともに申し分ない。何よりも小型化することに充分工夫されている。例えばマガジンだ。サブマシンガンの場合、いちばんかさばるのはマガジンだと言っていい。このスペクターのマガジンはね、九ミリ・パラベラム弾を、四列にして詰め込むんだ。だから、三十発用マガジンで長さはたった十六センチ、五十発用マガジンでも二十一センチしかない。銃全体の最大幅は三十五ミリだ」

夢妙斎は、ふたつのグリップを両手で握り、バランスを確かめてみた。しっくりとくる。

ラリーは夢妙斎の手からスペクターを取り、フィールドストリッピングを始めた。

レシーバーとグリップを止めてあるピンについている8の字型のスプリングを起こす。

そのピンを反対側に引き出す。これで、グリップ部と、レシーバーを分けることができる。

レシーバー後端から、バッファーリコイルスプリングのユニットを引き出す。

さらにハンマーとボルトをレシーバーの後方に抜き出す。

これでフィールドストリッピングは完了した。

「どうだ？　部品もシンプルだろう」

「クローズドボルト方式だな？」

「そう。そのため銃身のブレが少なく命中率が高い」

夢妙斎は、たちまちスペクターを組み直してしまった。銃の機構というのは基本的にはみな似通っているから、一度分解するところを見れば、扱いに不自由することはない。

彼は三十発用マガジンを手に取り、トリガーガードの前にあるマガジン受けに下から叩き込んだ。

夢妙斎は、ショルダーストックを引き出さず、そのまま、腰だめで撃った。
五、六発ずつのバーストで撃ってみた。確かに反動は少なく、命中率は高かった。
「毎分九百発だ」

ラリーが言った。「五十発のマガジンでも三秒で空になる」

夢妙斎は満足した。

「何挺あるんだ？」

「こいつは貴重品でね。イタリアでは市販されていない銃なんだ」

「何挺手もとにある？」

「三挺だ」

「全部もらおう。だが、サブマシンガンがもう少し必要だ」

「マシンピストルでよければ……」

サブマシンガンとマシンピストルの厳密な区別はない。小型のサブマシンガンをマシンピストルと呼ぶことが多い。

「かまわないが、物によるな」

ラリーは、今度はきれいなメーカーの箱に入った銃を持ってきた。

夢妙斎は手に取ってしげしげと眺めた。

「キャリコのように見えるが」

「キャリコM950……」

「M100は知っていた。例の百連発の自動小銃だ」

「まったく同じ方式のマガジンを使っている。M100は、二十二口径だったが、こいつは九ミリ・パラベラムを使う。マガジンは五十発用と百発用がある。M100と同じく、銃の上部の後ろのほうに、銃身と平行に取りつける。こういうふうに、だ」

ラリーは五十発用のマガジンを取りつけた。長さは三百九十九ミリだ。百発用マガジンをつけたときには全長は五百二十六ミリとなる。

夢妙斎は、ラリーにフィールドストリッピングするように言った。ラリーは言われるとおりにした。

ピストルグリップグループ、バレルとレシーバー部、ボルトとボルトキャリアーグループ、バレルのカバー、ボルトハンドルスプリング、ボルトハンドル――ラリーは、あっという間に以上の部品に分解した。

さきほどと同じく、夢妙斎がそれを組み立てる。

試し撃ちをすると、バランスがたいへんいいのに気づいた。ただし、ミスファイアやフィーディングトラブルが多少心配だった。

このマガジンは特別な構造を持っている。円筒型のマガジンに、弾がらせん状に詰め込まれるのだ。

だが、一度に百発を装塡できるというのは魅力だった。使いようによっては、たいへん役に立つ銃だ。

「いいだろう。こいつを二挺もらおう」

「おせのままに」

「あと、スナイパー用の高性能ライフルが一挺ほしい」

「たまげたな……。戦争でも始まるのか？」

「戦争はいつでもどこでも行なわれている。わが同胞はそのことから眼をそらすのがうまいようだがな」

「日本人か？　だから世界中から憎まれるんだ。都合よく何でも忘れてしまうんだからな」

ラリーは言いながら、細長いトランクケースを持って来た。「これなら、きっと気に入ってくれるはずだ」

夢妙斎は自分ではトランクケースを開けようとしなかった。こうしたケースを見ると反射的に警戒心が働くのだ。

戦場で、初めて見るトランクを開ける愚か者はいない。いれば死ぬことが多い。

どんな武器が隠されているかわからないのだ。

ラリーはそれを悟って濃い茶色のケースを開いた。

黒いプラスチックフォームに、スマートな黒い銃が埋まっていた。さまざまな付属品も、プラスチックフォームの穴にきっちりと収められている。

ラリーは言った。

「ヘッケラー&コッホMSG90」

夢妙斎は銃を取り出し、台尻を肩に当ててスコープをのぞいた。

ラリーはさらに言った。

「MSGは、ミリタリースナイパーライフルという意味のドイツ語の略だ。つまり、こいつは、司法当局が犯罪者やテロリスト相手に使うような狙撃銃ではなく、軍用の狙撃銃だということさ」

「ヘッケラー&コッホなら文句はないな」

「なるほど、日本人はブランドに弱いな」

「軍用というところがいい……」

「そう。ヘッケラー&コッホは、警察や対テロ用に、狙撃ライフルのPSG1を開発した。こいつは、すばらしい命中精度を持つライフルだったが、重装備で行軍したり、ブッシュやジャングルのなかで戦う軍隊には大きすぎるし、持ち運びに不便だった。そこで作られたのが、このMSG90だ」

「確かにスナイパー銃としては短めで軽い。プラスチック部分を多く使うことで軽量化したようだな」

「銃身を固定するための脚も、かさばる三脚ではなく、プラスチック製の二脚を使っている。ＰＳＧ１のスコープは固定式だったが、ＭＳＧ90のスコープはワンタッチで着脱できる。こいつも持ち運びを考えた工夫だ」

「ＰＳＧ１の評判は聞いている。だが、ライフルを試射するにはここでは狭すぎるな……。最低でも二、三百メートルの距離が必要だ」

「ここはハンドガン用の試射場だからね。持って行って試せばいい。俺は逃げも隠れもしない。ここかオフィスにいるよ。文句があればいつでも来るがいい」

夢妙斎はにこりともせずに言った。

「そうさせてもらう」

「ＭＳＧ90以外は、すべて九ミリ・パラベラム弾を使う。弾が共通というのは便利だろう。ＭＳＧ90の弾は径七・六二ミリ、長さ六十九・八五ミリのライフル弾だ。ＮＡＴＯの制式スナイパー弾、Ｍ一一八ＬＲをつけてやるよ」

「九ミリ・パラベラム弾も、たっぷりとたのむ」

「問題ないよ」

夢妙斎はアタッシェケースを取り出して現金で支払った。アメリカあたりの相場の二倍から二・五倍の金を取られた。

それはしかたがない。ラリーの店でしかこれだけの銃は手に入らないのだ。特にサブマシンガンやスナイパーライフルとなれば、どんな国の銃砲店でも手に入れることはできないのだ。

ラリーは、商品を自分のレオーネ４ＷＤに積んで、慎重に倉庫に鍵をかけた。

ラリーは、運転席にすわり、夢妙斎が助手席に乗り込むのを待った。

エンジンをかけ、車を出す。

事務所のあるビルのまえに着くまで、彼はひとことも口をきかなかった。

ビルのまえに車を駐めると、今度は、すべての荷を夢妙斎が借りているレンタカーのトランクに移した。

「問題があったらまた来る」

夢妙斎が言って車に乗った。

「そうならないことを祈ってますがね……」

ラリーは大声で言った。

夢妙斎の車が走り去った。

ラリーのポケットのなかは、札束でいっぱいだった。いい商売になったことは確かだった。

だが彼は、いい気分になれなかった。

いつもなら、上機嫌で鼻歌のひとつも出て、商談相手に軽口を叩き続けているところだった。

彼は、口の端にくわえていた、火のついていない葉巻を噛み、唾《つば》を吐き出した。

どうにも、夢妙斎のことが気に入らなかった。

客というのは、ただ金を運んでくる人間に過ぎないとラリーは割り切っていた。この商売で、客と特別に親密になる必要はないのだ。トラブルさえなければいい。これまでラリーはそうやってきた。

嫌な客はたくさんいた。商品を買い叩こうというやつ。警察に密告すると脅して、ただで商品を巻き上げようとするやつ。金にものを言わせて無理な注文を押しつけてくるやつ――だいたいが、暴力専門家を相手にしているのだから、そういうことがあってもおかしくはない。

ラリーは、そういった不愉快な客のことも、札束を見れば忘れることにしていた。

今回もそのつもりだった。

しかし、どうしても胸のなかのわだかまりが解けなかった。

「どうしたってんだ、ラリー……」

彼は自分に向かってそうつぶやいた。

階段を昇ってオフィスに戻ると、机の引出しから、ウイスキーの小壜《こびん》を取り出して、あおった。

I・W・ハーパーが喉を下っていった。さらにもう一口。

ゆっくりと吐息をついて、ソファーに体を投げ出した。そのとき、ふいに、気づいた。

自分は、ナチズムを嫌悪し恐れているのではないか、と。

『新人類委員会』は、ネオナチなどよりはるかに始末におえないナチズムの伝承者たちだという気がした。何と言っても、ナチの大物ルドルフ・ヘス本人が総帥だというのだ。

ラリーは、自分が売った武器が、何のために使われるのか、初めて気になってきた。

彼は、自分の民族を捨て、ナチズムに尻尾を振る夢妙斎に怒りを覚えた。

その怒りは、どうやら、徐々にふくらんでいきそうだった。

「だからといって」

ラリーは、ソファーにもたれたままつぶやいた。「この俺に何ができるというんだ」

彼はまた、バーボン・ウイスキーをあおった。

ていた。

6

ルドルフ・ヘスはベッドの上で上半身を起こし、窓の外から、ベルリンの町を眺めていた。

ちょうど大学や公園のある方角で、緑が多かった。窓は東を向いている。

ベッドから少し離れたところに、青い眼に金髪の若い男が立っていた。三十歳くらいに見えた。

彼は、自分のゲルマン民族の特徴を誇示するような姿で立っていた。胸を張り、顎《あご》を引いている。

彼の名はワルター・ホフマンといった。ネオナチの行動派だった。今では『新人類委員会』のメンバーであり、ルドルフ・ヘスの秘書役をつとめている。

ヘスは、午睡から目覚めたところだった。ヘスが眠っている間、ホフマンは、部屋のなかにある小さいが豪華な机に向かっていたが、目覚めると同時に立ち上がった。

ルドルフ・ヘスはしばらく夢と現実の間にいるように見えた。窓の外を見つめる眼は、どこかまどろんでいるようだった。

しばらくして、ヘスは言った。窓の外を眺めたままだった。

「二本の杖が一本になる……」

独り言のように聞こえたので、ホフマンは何か言おうかと迷った。結局、黙っていた。

「知っているだろう、ホフマン」

今度ははっきりと呼びかけられたので返事をした。

「は……？」

「二本の杖の預言だ」

「知っております、もちろん」

ヘスはホフマンのほうを向いた。ホフマンと同じく青い眼をしている。

「旧約聖書のなかのエゼキエル書だ。こう預言されている。『人の子よ。一本の杖を取り、その上に、ユダと、それにつくイスラエルのために、と書きしるせ。もう一本の杖を取り、その上に、エフライムの杖、ヨセフとそれにつくイスラエルの全家《ぜんか》のために、と書きしるせ。その両方をつなぎ、一本の杖とし、あなたの手のなかでこれをひとつとせよ』……」

「杖は、聖書学では、家族、氏族、権利、権威などを象徴していると言われています」

「では、この預言はどういうことなのかな？」

ホフマンはさっと顔を紅潮させた。

「もちろんわが東西ドイツのことです。ごらんください。このベルリンを。今、世界で最も注目される都市となりました。世界の動きを代表しているのがこのベルリンの町であり、わがドイツなのです。二本の杖がひとつとなる——これは統一ドイツが生まれることにほかなりません」

ルドルフ・ヘスは、弱々しくほほえんで、かぶりを振った。

「この私にプロパガンダ用の台詞《せりふ》を使わなくてもいい……」

「しかし、事実、ベルリンは……」

「君は頭のいい男だ、ホフマン。聖書学がどんなものかも知っているし、私たち総統《フューラー》のご遺志を継ぐ者が何を恐れているかも知っているはずだ」

ワルター・ホフマンは、さらに紅潮したように見えた。肌が白いので、顔の色が変わるのがすぐにわかる。

彼は、予習していなかったことを質問された生徒のように、黙って立ち尽くしていた。

「さあ、それで？」

ルドルフ・ヘスは、楽しそうに言った。「この預言は、本当はどういうことなのだろうな？」

ホフマンは、苦慮した末、本当のことを語ることにした。

「預言の内容は明解です。現在のイスラエル――つまり、歴史に残り続けたユダ王国の二支族の子孫であるユダヤ人と、北イスラエル王国を構成していた『失われた十支族』が将来、再びひとつになるということです」

「つまり、それはどういうことなのかな？」

「ホセア書にこうあります。『ユダの人々とイスラエルの人々は、ひとつに集められ、彼らは、ひとりのかしらを立てて、国々から上って来る。イズレエルの日は、大いなるものとなるからである』――つまり、全世界から、ユダヤ十二支族の子孫たちが集まって来るというのです。イズレエルというのはホセアの長男で、『審判の地』という意味です。つまり、神に審判を受けた地に、再びユダヤ十二支族が集うのです。そこに再びメシアが現われて、地上に平和な千年王国が築かれるのです」

「『新たなる者』の世界だな？」

「そうです。『新たなる者』の世界です」

「わが、総統《フユーラー》は偉大だった。聖書の預言の意味を熟知しておいでだった。つまり、聖書は『新たなる者』たちの千年王国を築くための計画の書であることを――」

「はい」

「総統《フユーラー》の行動は、すべて聖書の預言を実行するためのものだった。いいかね、『ヨハネの黙示録《もくしろく》』だ。ヒットラー総統の行動の謎《なぞ》を解く鍵はすべてそこにある」

ホフマンは、何度かこの話を聞かされていた。しかし、いつも黙って耳を傾けた。単なる老人への思いやりではない。聞くたびにホフマン自身が新鮮な喜びを感じるからだった。

「はい」

ホフマンは力強くこたえた。

「聖書のなかのあらゆる預言は一致して語っている。神が『新たなる者』たちを選んで千年王国を築くためには、大破壊と破滅を通り過ぎなければならない。『ヨハネの黙示録』にある、『第七の封印』を開いたときの世界の終末と、ハルマゲドンにおける最終戦争だ」

『第七の封印』とは、『ヨハネの黙示録』で語られる『最後の封印』だ。

ヨハネは『まぼろし』を見たと語る。小羊が第一の封印を切ると、白い馬に乗って弓を持った人に冠が与えられた。

第二の封印を小羊が切ると、炎の色の馬が現われ「それに乗っている者には、人間が殺し合うために地上から平和を奪い取る力」が与えられた。

第三の封印を切ると、黒い馬が現われ「それに乗っている者は手に秤《はかり》を持っていた」。そしてその者は、小麦や大麦に十三倍もの値をつけ、油とぶどう酒には手もつけさせまいとした。

第四の封印が切られると、青白き馬が現われた。「それに乗っている者は死と呼ばれた。……彼らには剣と飢えとペストと地上の猛獣とをもって、地の四分の一を殺す力が与えられた」。

小羊が第五の封印を切ったとき、「神の御言葉《みことば》のためと、また、自分たちがそれを証明したために殺された人々の霊魂が祭壇の下に」見えた。

第六の封印を切ったとき、大地震が起こった。太陽は「荒い毛の布のように黒くなり、月は全面血のようになった。天の星は、いちじくの木が大風にゆられて青い実を落とすように地に落ちた。天は、巻物を巻くように見えなくなり、すべての山と島とは、その場所を変えた」。

そして、最後の封印が切られたとき、天は半時ばかり、静かになるが、やがて、七位の天使が次々と七つのラッパを吹き鳴らす。ひとつのラッパが鳴るたびに、天変地異が起き、地上は滅亡に近づいていく。

ホフマンは力強く言った。

「ヒットラー総統は、選ばれた預言者のひとりでいらっしゃいました。第二次世界大戦は、『黙示録』を実現するための準備であると私は学びました。そして、それを信じております」

「そうだ、ホフマン。第二次世界大戦が、最終戦争を可能にするテクノロジーを育てたのだ。あの戦争がどれだけのものを生み出しただろう。ジェット機、ミサイル、レーダー、BC兵器、そして核爆弾。あの戦争がなければ、『黙示録』的大破壊をもたらす兵器など、まだ生まれていなかったかもしれない」

「総統《フューラー》のお考えこそが、人類の生き残る——しかも、優秀な民族が地球に生き残る唯一の方法だと信じております」

「ホフマン」

ヘスは、またもほほえみを浮かべた。「そこでユダヤ人だ。これらの預言の多くは、ユダヤ人に残されたものではないのか?」

「失礼ですが……。その程度のテストでは、委員会のメンバーは誰も動じはしません。アルフレッド・ローゼンベルクです」

ヘスはうなずきもせず、黙って聞いていた。

「ヒットラー総統が絶賛され、わがナチスの宗教的な寄りどころとなったアルフレッド・ローゼンベルク——彼は、著書の『二〇世紀の神話』のなかで、キリスト教のユダヤ的部分を否定しています。ローゼンベルクは、しかし、『ヨハネの福音書』と『ヨハネの黙示録』だけは賛美しているのです。『ヨハネの福音書』ではイエズス・キリストがしばしばユダヤ人に対して批判的な態度を取ります。さらに、ヨハネは、安息日をおかしたキリストについて『それは、ユダヤ人たちにとって、イエズスを殺すためのもうひとつの理由になった。イエズスが安息日をおかすばかりでなく、神を父と呼び、ご自分が神とひとしいものだとおおせられたからである』と記しています」

「だが、旧約聖書のエゼキエル書では、『失われた十支族』が歴史の陰から姿を現わし、現在の二支族のユダヤ人と結びつく——そう預言されているではないか？」

「そのために、われわれ『新人類委員会』がいるのです。『失われた十支族』をすでに発見したものと、われわれは考えています。彼らをこの地上から消し去れば、ユダヤ人にとっての預言は実現されないことになります」

「だが、聖書の預言は実現されねばならない」

「聖書学では、預言のほとんどが比喩《ひゆ》だと言われています。ユダヤ人になぞらえて、わがゲルマン民族のことが預言されていると解釈しても、まったく不自然ではないのです。『失われた十支族』の血脈を亡ぼしたとき、わがゲルマン民族のなかから『新たなる者』が生まれることになるでしょう」

「そう。われわれは、その役目をになっている。それは、ヒットラー総統のご遺志でもある」

ルドルフ・ヘスの眼の光が強くなった。九十六の高齢には見えなかった。すさまじい時代を生き抜いた自信が、そして、崇高《すうこう》な目的を持つという誇りが彼をいきいきとさせていた。

「ヒットラー総統は言われた」

ヘスは遠くを見るような眼で、なつかしむように言った。「一九四五年の一月十日のラジオ放送だ。『この戦争には勝者も負者もない。あるのは死者と生存者だけだ。だが、最後まで戦う軍団はドイツ人である』と」

「最終軍団《ラスト・バタリオン》……」

「そうだ。また総統《フユーラー》はこうも言われた。同じ年の二月二十五日のことだ。『まもなく東のソ連と西のアメリカが衝突する日がやってくる。その時、われわれの最終軍団《ラスト・バタリオン》が決定的な役割を演ずるのだ』――」

「それは、預言者としての発言ですね。アメリカとソ連はまだ決定的に衝突はしていません。それは、未来のことと言えるでしょう」

「そうだ。そのために、ラスト・バタリオンを育てておかねばならない。東西ドイツが統合するとき、NATOは、統一ドイツ軍をすんなりと受け入れようとはしないだろう。そのとき、ドイツ軍はNATOから独立する。そして、ラスト・バタリオンを組織することになるのだ。すべてが預言者アドルフ・ヒットラーの言ったとおりになりつつある」

「そのための準備は、われわれ『新人類委員会』が整えておかねばなりません」

「そのとおりだ」

「ご心配なく。そちらの計画もとどこおりなく進んでおります。将来の統一ドイツ軍の将校となるべき人材を教育しております」

ルドルフ・ヘスは満足げにうなずき、疲れたように、枕に肩から上をうずめた。

ホフマンは、黙って立っていた。次の言葉を待っているのだ。これ以上、ヘスが何も言わないようなら机へ戻ろうと考えていた。

ホフマンが戻りかけたとき、ヘスが口を開いた。

「何と言ったかな？」

「は……？」

「ラスト・バタリオン計画のなかの重要な人物だったと思うが……。かつてドイツ空軍にいたベテランパイロットだ。前回、日本にジェット機で乗り込んだ……」

「ヘルムート・ウルブリヒトです。日本のF15イーグルのミサイルにやられましたが、その直前に離脱し助かった男です。海上で気を失っているところを、わが委員会の船が拾い上げて助けたのです」

「話がしたい。今どこにいるかわかるか？」

「グリューネヴァルト地区の自宅にいると思います。連絡を取ってみます」

「一時間以内に来るように言ってくれ」

「わかりました」

ルドルフ・ヘスの部屋に現われたヘルムート・ウルブリヒトは、明らかに不満そうな表情をしていた。

ワルター・ホフマンは、その態度に驚いた。

『新人類委員会』に所属している人間は、すべてルドルフ・ヘスに選ばれた人間だ。

彼らはヘスに会うことを最高の誇りと感じているはずだ。

ヘルムート・ウルブリヒトは、いかつい顔をした男だ。すでに中年だが、体力の衰えなどまるで感じさせない。

元ドイツ空軍少佐で、つらい人生に打ち勝ったしたたかな顔をしている。

彼は若い時代にトップパイロットを経験していた。だが、NATOの一部でしかないドイツ空軍に失望し、除隊した。

そのうちにフォークランド紛争が起こった。ウルブリヒトは、ドイツに駐留していたころに知り合ったイギリス軍将官に働きかけ、イギリス空軍に入隊した。

彼はフォークランド紛争で、初めて空母ハーミーズの艦載機であるシーハリアーFRS・Mk1に乗った。これが、彼と奇妙な特徴を持つハリアーとの出会いだった。

ウルブリヒトはたちまち、ハリアーに魅せられてしまった。

紛争が終わると、彼は軍の飛行教官になった。自分ではまだ現役で飛べると考えていたが、軍はもっと若いパイロットを育てることを考えていた。

ウルブリヒトは英国空軍をも除隊した。

ドイツに戻った彼は、その誇り高い性格のために、間違った方向へ進み始めた。

彼はネオナチの運動に近づいていき、たちまち彼らのヒーローになった。だが彼は、ネオナチ運動にも満足できなかった。

四十六歳になった彼は、ある日、突然、重要人物が待っているとの呼び出しを受けた。彼はベルリンに飛び、ある病院を訪ねた。

角ばった顎の老人の顔を見て、ウルブリヒトはすぐに誰であるかわかった。ルドルフ・ヘスとの出会いだった。

ウルブリヒトは、シュパンダウ刑務所で死んだヘスが偽者であるという噂《うわさ》を信じていた。

彼は、そのときの感激を今でも忘れていない。そしてウルブリヒトは『新人類委員会』のメンバーとして迎えられたのだった。

ヘスが言った。

「しばらくだ、ウルブリヒト」

「はい、副総統」

「今度また、日本に行くことになっているそうだな」

「そういう命令を受けましたから……」

「君はたいへん優秀なパイロットだと聞いている。将来、ラスト・バタリオンの空軍の責任者になってもらいたいと考えている」

「光栄です」

ウルブリヒトは言ったが、とても心から喜んでいるという口調ではなかった。

「妙だな」

ヘスが言った。「私には、君が、何か不満をかかえているように見えるのだが？」

ウルブリヒトはしばらく黙っていた。考えているのだった。やがて、彼は決心したように話し出した。

「おっしゃるとおりです、副総統」

ワルター・ホフマンは仰天した。ルドルフ・ヘスをまえにして、不満を述べる人間が『新人類委員会』にいるなどということが信じられなかった。

ヘルムート・ウルブリヒトは言った。

「私ももうじき五十歳になります。若いころとは違う。自分で正しいか正しくないかの判断はできるつもりです。あるいは、自分にふさわしいことかふさわしくないことかの判断が……」

「何が言いたいのかわからんが？」

「プロパガンダだけを毎日のように詰め込まれるのは願い下げにしたいということです。そして、電話一本で、一時間以内に来いなどと命ずることも……」

ヘスの顔色がわずかに赤味を帯びたように見えた。

「君は筋金《すじがね》入りの軍人だと思っていたが？」

「私もそうでありたいと思っています。そして、ドイツ人であることを心から誇りに思っています。クリスチャンでもあります。ですが、ドイツ人だけが審判の日の後、生きのびて新しい世界を作らねばならない――こういった話を真剣に論ずる気にはなりません」

「何を言う！　ウルブリヒト！」

ホフマンが思わず大声を出した。

ウルブリヒトはホフマンに向かって指を突きつけた。

「若いの、静かにしていてもらおう」

ホフマンは怒りに呼吸を乱していた。

一瞬、部屋のなかが静まりかえった。

「論ずる必要はない」

ヘスは言った。

「は……？」

ウルブリヒトが訊き返した。

「君が今言ったことについて論ずる必要などない。真実だからだ」

ウルブリヒトは静かにヘスを見つめていたが、やがて言った。

「言葉が過ぎました。お許しください。作戦が近づき、どうやら苛立っているような
ので……」

ヘスはうなずいた。

「ということは、問題なく今度の作戦を遂行してくれるということだね？」

「もちろんです」

「ミサイルをくらって、死にかけたというのに」

「ドイツ軍人は、そのくらいではへこたれないのですよ」

ヘスは、ようやくおだやかな表情を浮かべた。

「そういう一言を聞きたかったのだ」

7

真田の部屋の机のなかで、電話のベルが鳴った。

時刻は午前八時半。机の上には、対盗聴装置を取りつけた通常回線の電話がある。

鳴っているのはその電話ではなかった。

真田は、机の一番下の引出しから、番号ボタンのない赤い電話を取り出した。

この電話が鳴るときは特別なことを意味していた。『緊急措置令』が発令されるのだ。

『緊急措置令』が発令されると、それまでまったく何の権限もなかった真田武男は、首相直属の『特命調査官』として、司法機関を除くすべての省庁に、首相の代理人として命令を下すことができる。

その省庁のなかには、かつて真田が所属していた自衛隊も含まれている。

真田は電話を取った。

陸幕第二部別室室長の早乙女隆一《さおとめりゅういち》のおだやかな声が聞こえてきた。

「これまで君はやっかいな連中と戦ってきた」

「戦わされてきた」

「好《この》き好んで戦ってきた。君が相手をした『新人類委員会』のテロリストたちは、必ず銃で武装していた。ピストルだけではなく、自動小銃やサブマシンガン、グレネードランチャーまで持っていた。日本国内に武器を持ち込むのは、それほど簡単なことではない」

「抜け道はいくらもあるでしょう。どうせ管理してるのは役人なんだから」

「公務員が公務員を悪く言うもんじゃない」

「やっぱり俺は公務員だったんですか？　いやな予感がしていたんだ」

「抜け道はあるだろう。だが、その抜け道を発見しなければならない。問題は、君が戦った相手に限ったことではない。一部の暴力団にも、フィリピン製などではない、強力な銃器が売られているということだ。困ったことに、鷹《タカ》派の政治家のなかには、自分の後援会の政治結社を武装させてるばかがいる」

真田は、常にすっきりとした早乙女の弁護士のような姿を思い浮かべた。滅多《めった》に感情を表に出さない男だが、今は妙に感情的に思えた。

「そちらの部屋には誰もいないのですか？　言葉遣いがいつもより過激な気がしますが……？」

わずかな沈黙。

気になって真田は尋ねた。

「どうかしましたか？」

「君がそんなことに気をつかってくれるとは思わなかった」

「ちょっと、ほかにも似たような連中がいましてね……」

「身も蓋《ふた》もない言いかたをする男だな……。ほかの連中というのは何者だね？」

「ヨセレ・ザミルに芳賀恵理です。彼らが妙に落ち着きをなくしているのです。何か、世界の終末でも来そうな口振りなのですよ」

「イスラエルから来た調査団も、それとは無関係ではないな……」

真田は、そのニュースを気に止めていた数少ない人間のひとりだった。

「ザミルは言っていました。イスラエルはこれまでも、『失われた十支族』の末裔に関係があると思われる事実が発見されたら、必ず正式な調査団を送り込んできたのだ、と……」

「芳賀舎念翁のことを言っているのか？」

「それだけではないという意味のことを言っていましたが、詳しいことは聞いていません。……で、その武器の入手ルートをどうしろというんですか？」

「君がつきとめるんだ。そしてコンタクトを取れ」

「それだけですか？」

「それだけだ」

「例えば、その入手経路を断たなくていいのですか？」

「断たなくていい」

「何かに利用しようとしていますね？」

「どうして、そう妙に勘ぐるのだ？」

「どうして、部下に素直に事情を話そうとしないのです？」

「事情は簡単だよ。われわれに司法権はないからな。武器の密輸や売買は明らかに警察の守備範囲だ」

「おかしいな……。ならば、どうして俺が調査してコンタクトしなければならないのですか？」

「こたえなくちゃならんか？」

「こたえてほしいですね」

「ひょっとしたら……、あくまでもひょっとしたら、だが……。その武器入手ルートは、警察が手を出せない何かの理由があるかもしれないのだ」

「例えば政治的な？」

「あるいは、ね。だが、考えすぎかもしれない。そこのところはわからない。だから、君が相手をつきとめて、接触するのだ」

「接触してどうすればいいのです？」

「銃を手に入れる交渉でもしてみればいい。ただし、本当に売買し、それが警察に発見されても、私は君を助けることはできない。うまく、交渉が決裂するように話を持っていくんだな」

「わかりました」

「ところで、君は警官になるつもりはないかね？」

「何の冗談ですか。俺は自衛官だったんですよ」

「そう警官を軽蔑するもんじゃないよ。まあいい。現在、〇八四五時。『緊急措置令』を発令する。君は、現時点から、政府諸機関に対し、総理大臣の代理として命令および要請を発することができる。しかし、君に司法権はない。警察は君の指揮下には入らない。君が調査活動中に違法行為を働き、それが摘発された場合、緊急措置令発動中であっても、君は法で裁かれることになる。それを忘れないように」

何度となく聞かされた言葉だった。一種の儀式でしかないのだ。

真田は尋ねた。

「今回の指令コードは？」

「『アブラハムの息子たち』」

電話が切れた。

真田は、早乙女の指令に、割り切れないものを感じていた。

「『アブラハムの息子たち』だって……？」

真田はつぶやいていた。とにかく、早乙女は何かを知っていて、それを真田に伝えようとはしなかった。いつもにまして慎重に動かねばならないと感じていた。

それにしても――と彼は思った。武器の入手ルートなど、どうやって調べればいいのだろう――彼は、真剣にその方法を考え始めた。


レンタカーで甲府まで戻った夢妙斎は、念入りに荷造りをした。

銃器だけの重さで二十キロを超えた。それに弾丸の重さを加えると四十キロ近くになった。

夢妙斎は、約十キロずつの四つの荷に分けてホテルのフロントにあずけた。建築用資材のサンプルだと説明した。

チェックアウトをしてすぐに山に向かった。

山に入ってからの夢妙斎のスピードは野生動物のようだった。

彼はほとんど休みを取らずに歩き続けた。夢妙斎に山道は必要ない。獣の通る道があれば充分だった。

暗くなるまえに、部下たちとの合流地点に着いた。

夢妙斎は、まず四人の若者を選び出してきぱきと命じた。

「湯村グランドホテルに、四つの荷をあずけてある。明日、夜が明けたら、それを取りに出発してくれ。大切な荷物だ」

四人はうなずいた。

それから夢妙斎は安藤良造を見て言った。

「来てくれ。相談したいことがある」

彼らは木の枝と、防水布で作った簡易テントのなかに入り、ランタンを点《とも》した。

そろそろ、山が青い薄闇に包まれ始めていた。

少し離れたところで、若者たちが焚火《たきび》を始めた。山のなかで見る火は、一種独特の心を落ち着かせる作用がある。木が燃えるにおいも同様だ。

人間は、遠い祖先の記憶を持ち続けているのかもしれない。

「完全武装して、戦いにそなえろという命令だ」

夢妙斎が安藤良造に言った。

「それで、武器は？」

「調達してきた。満足のいくものばかりだ。明日、ホテルに取りに行かせる荷がそれだ」

安藤はうなずいた。

「指令はもうひとつある」

夢妙斎は言った。「そちらが問題だ。潜入する航空機を支援しろと言うんだ。そのために、われわれは、三百メートルの滑走路を含む航空機の隠れ家を用意しなければならない」

「三百メートルの滑走路？　以前のようにハリアーでしょうか？」

「そう考えていいだろう」

「ハリアーなら二百メートルで充分なはずですが」

「その点の説明は受けていない」

「場所についてはどうなんです？」

「日本国内ということで、特に指定はない」

安藤良造は考え込んだ。

「ハリアー……、つまりジェット機だと、離着陸にすさまじい音を立てますから、市街地では絶対に無理ですね……」

「かといって、民間の飛行場を借りるわけにもいくまい……」

「前回用意したように、山のなかに作るしかありませんね……」

「あそこが残っていればよかったのだがな……。パイロットがすっかり焼いてしまった。なかなか思うような地形は見つからぬものだ。山のなかに平地はない。平地があれば人が住んでいる」

安藤はじっと考えていた。

しばらくして、考えながら彼は言った。

「覚えてらっしゃいませんか？　福井の今宿《いまじゆく》から日野山《ひのさん》に入ったあたりに小学校と中学校の廃校があり、しばらく宿舎に使ったことがあるのを……」

「覚えている。小さな校舎だったが……」

「だが、グラウンドは広かったと記憶しています。最長の距離を取れば、直線で三百メートルはあったと思います」

「よし」

夢妙斎は言った。「武器が届き次第、全員で移動しよう」

「わかりました。伝えておきましょう」

安藤は簡易テントを出て行った。

「福井か……」

夢妙斎はつぶやいて、頭のなかに詳細な地図を描き出した。


真田は、今まで戦った『新人類委員会』のテロリストたちが、どんな武器を使ったか、可能な限り思い出そうとしていた。

実際に敵から奪って、自分で撃ったことも何度かあった。

まず、ヘッケラー&コッホのアサルトカービンがあった。空挺部隊用の銃身の短い自動小銃だ。ポーランドのサブマシンガンWz63。テロリストたちに人気の高い九ミリ・マカロフ弾（九ミリ×十八）の強力な銃だ。

キャリコM100。百連発の二十二口径自動小銃だ。

トカレフ自動拳銃。ソ連のピストル。

グロック17。九ミリ・パラベラム弾をその名のとおり、十七発も込められるオーストリア製の拳銃だ。レシーバー部やグリップがプラスチックの一体成型になっていて、たいへん軽い。

そして、M79グレネードランチャー。四十ミリ榴弾を最大四百メートルまで飛ばす。榴弾が炸裂すると、半径五メートル以内の人間を殺傷する。M79は、旧式だがおそろしい武器だった。

さらには、ヘッケラー&コッホの対テロ用特殊サブマシンガン、MP5コッファーがあった。アタッシェケースのなかにMP5マシンガンを組み込んだものだ。

銃のメーカーは、ドイツ、ポーランド、オーストリア、ソ連、アメリカと、さまざまな国に散っている。

このことに何か意味があるだろうか? 言えるとしたら、武器の業者はあらゆる国から品物を調達しているということだ。

たいしたこととは思えなかった。商売人がさまざまな国の品物を扱うことに、何の不思議もない。

だが、これで、ひとつの可能性が消えたことには変わりはない。

特定の組織の人間が不正を働いて武器を横流ししているわけではない、ということだ。

例えば、自衛隊や警察、在日米軍などのなかに武器の提供者がいるのだったら、これほど品物はバラエティーに富んでいないだろう。

個人で商売をやっている人間の可能性が大きい。

だが、いったいどんな人間が、この日本でこれだけの銃をそろえることができるのだろう。

真田は、自分ならどうするかを考えた。彼の場合は何とかなりそうな気がした。

真田は元自衛隊員だ。昔のつてをたどって武器を扱っている業者を見つける。そこから手をつけ、だんだんと仕事を広げていくのだ。

もちろん簡単ではない。

だが、やってやれないことはない、という気がした。

そこから真田はひとつの仮説を導き出した。武器を売っている人間は、かつて、武器を身につける仕事をしていた者である可能性が大きい。

警察か自衛隊にいた者、あるいは海外の軍隊にいた者。傭兵も考えられる。現役を退いた傭兵が、昔の知人を頼って、各国から武器を買いつけるのだ。

銃砲店をやっている人間が、もっと稼ぐために手を広げたと考えられなくはないが、可能性は小さい。

銃砲店などは警察の監視が行き届いている。さらに、どんな業界でも横のつながりが強いもので、妙な商売を始めようものならたちまち噂になったりする。

噂は結局、警察の耳に入るものだ。

真田はさらに推理を進めた。

謎の販売ルートが扱った銃を見ると、単に拳銃だけではなく、もっと強力な火器にも通じている人間が関わっていると見られる節《ふし》がある。

『新人類委員会』のテロリストたちはグレネードランチャーを持っていたのだ。あんなものを空港から持ち込んだとは考えにくい。日本国内で調達したと考えるべきだろう。

当然、考えられるのは今問題にしている販売ルートか、米軍で不正を働いている人間だ。可能性としては、前者のほうが大きい。

謎の販売ルートの連中——あるいは個人——は、あらゆる銃火器の扱いに慣れていることになる。

となれば、警察官は除外していいかもしれない。

日本の警察官は、たいていは拳銃しか扱わない。ごく特殊な役割の連中が狙撃用ライフルやサブマシンガンで武装しているに過ぎない。

真田は、通常回線の電話を取り上げて、特別の電話番号にかけた。

この番号は、普段はNTTの「現在使われておりません……」というメッセージが流れている。

『緊急措置令』発令と同時に回線がつながり、二十四時間態勢で専任の連絡官が待機することになる。

連絡官は、挨拶もなしにいきなり言った。

「指令コードをどうぞ」

「『アブラハムの息子たち』」

「しばらく、お待ちください」

連絡官は、指令コードとともに真田の声紋をコンピューターに照会しているのだ。

この番号にかけてくる人間は真田しかいないのだ。

「指令コード、確認しました」

連絡官が言った。「指令をどうぞ」

「陸上自衛隊の警務隊に聞きたいことがある。責任を持って返答のできる人間に面会の約束を取りつけたい」

「お待ちください」

回線を保留にしたまま、約五分間も待たされた。

警務隊は、旧陸軍で言えば憲兵に近いものであり、米軍のＭＰに当たる。

気むずかしい連中が電話に出て連絡官を困らせているのではないかと真田は思った。

やがて、連絡官の声が聞こえた。

「相手のかたが、電話に出られています。直接お話しください」

回線の切り替わる音がした。

真田は、故意に威丈高《いたけだか》な口調で言った。こういう連中には最初が肝腎なのだ。

「『緊急措置令』は確認しているかね？」

「確認しています」

ぶっきらぼうな声が聞こえてきた。案の定、彼らはこうした電話をありがたがっていない。何かの圧力のように感じるのだろう。「指令コードをどうぞ」

「『アブラハムの息子たち』」

マニュアルをめくったらしい音が聞こえた。

「指令コード確認しました。陸上自衛隊警務隊は、現時点から貴官の指揮下にはいります。いったい何の用です」

「内密に訊きたいことがある。協力してくれ」

「何です？」

「武器に関することだ。各師団の武器責任者、および、霞ケ浦《かすみうら》の武器補給処、土浦《つちうら》の陸自武器学校のことも調査対象になると思うが……」

「用件だけ言ってくれればいいんです」

真田はその言いかたが癇《かん》にさわった。会ったときに何か仕返しをしてやろうと思った。

「ここ五年の間に、武器を巡ったトラブルがなかったかどうか調べておいてくれ」

「武器を巡ったトラブル？　漠然とした話だ」

「明日の十時までに調べておいてくれ。こちらから訪ねる。どんな小さなことでもいい。君の名は？」

「庄村《しょうむら》といいます。庄村一等陸佐」

「庄村一佐。明日、芝浦《しばうら》分屯地の警務隊本部で会おう」

真田のほうから電話を切った。

8

庄村一等陸佐は、ふたりきりになれる部屋を用意してくれた。真田と話していると
ころを、同僚に見られたくなかっただけかもしれない。

「調べましたよ」

庄村一佐は言った。真田よりかなり年上だ。四十を越えているかもしれない。よく
日焼けしている。叩き上げの陸上自衛隊員の顔だ。

体つきもがっしりとしている。制服が板についていた。

「それで?」

真田は協力的とは言えない庄村の態度に対抗して、そっけなく尋ねた。

「調査官どのの、求めておられるような事実は一切ありませんね」

「ない……?」

「はい。一切」

「武器を巡るトラブルが一件もないなんて、誰が信じるものか」

「信じるか信じないかはそちらの勝手です。空自へ行ってごらんになったらどうで

す。あそこでは戦闘機がしょっちゅう民間機とトラブルを起こしてますからね」

「私が知りたいのは、あくまでも銃に関することだ。戦闘機などどうでもいい」

「とにかく、公式に記録された事故はひとつもありません。陸上自衛隊は、その点細心の注意を払っていますからね」

「心がけの悪い新入隊員が不注意を犯すこともないと言うのか？」

「調査官どの。何をお調べになりたいか知りませんがね、もう一度申し上げます。公式に記録された事故はここ五年間で、一件もありません」

「非公式には？」

「それは知る由《よし》もありませんね」

「知っている限りでいい」

庄村一佐は、不快げな態度に加えて、明らかに落ち着きをなくし始めていた。

「いったい何をお知りになりたいのです？」

「妙なことを訊くんだな？」

「は……？」

「君は電話で言ったじゃないか。用件だけを言えばいいのだ、と。だから私はそうしている」

「そうでしたっけね……」

相手は鼻白んだ。「しかし、何を調べておられるのか、わからないのでは、こたえようがありません」

「訊かれたことにこたえればいいのだ」

「ですから……」

「わかった」

真田は庄村一佐の言葉をさえぎった。意地を張っていてもしかたがない。「おとな同士の話をしよう。私が知りたいのは、陸上自衛隊にいる間に、武器の業者とパイプを作っておき、除隊して、そういったつてを利用して武器の売買が可能かどうか――さらには、そうした疑いがなかったかどうか、ということだ」

話を聞いていた庄村一佐の表情がみるみる変化していった。目を大きく見開き、今にも口をぽかんと開きそうだった。

「何ですか、そりゃあ……」

「言ったとおりの意味だ」

「じゃあ、調査官どのは、陸上自衛隊内部のことをお調べになりたいわけではないのですね」

「初めからそんなことは一言も言っていない。協力してほしい――そう言ったはずだが」

「忘れてましたよ。じゃ、現に、武器を売買している連中がいるというわけですか？」

真田は迷ったが、事実を教えることにした。

「そういう情報を得ている」

「でも、そいつは自衛隊員とは無関係ですね」

「私もそう思いたい。だが、私自身はやってやれないことはないような気がしていたんだ」

険悪な雰囲気が和《やわ》らいできたので、真田は付け加えた。「私は、習志野《ならしの》にいたことがある。第一空挺団《くうていだん》だ」

「たまげたな……」

庄村一佐はまた目をむいた。「こういった仕事はキャリア組の役人だけがやるのかと思ってました。普通科連隊ですか？」

「第二中隊だった」

「ならば……」

一転して思慮深い表情で庄村は言った。「よくご理解いただけるはずです。そういったパイプを作りやすい部署の人間がいるとします。しかし、そういった人間ほど監視がきついのです。また、武器管理がどれだけ徹底されているか――これは一般人より自衛官のほうが痛感しているはずです」

「なるほど……」

真田は庄村の話を理解した。「普段武器に接している人間ほど、武器の商売はやりにくい……」

「日本国内では、そうです。実のところ、非公式に、拳銃の紛失騒ぎがあったのですが、いずれも、事件に至るまえに発見されています。自衛隊の拳銃が犯罪に使われた例はありません。使われれば、誰が使用していたものか、誰が管理していたものかすぐにわかってしまうのです」

「問題はそういうことではない。業者とのコネだ」

「同じことです。業者は特定の種類の銃しか国内では扱えません。売買する銃はすべて記録されます」

「米軍はどうだろう？」

庄村一佐は首を傾けた。

「さあ、そこまでは……。武器管理の実態すら、われわれは知ることができないのですから……。しかし、アメリカ国内に戻れば、銃に関する取締りは、日本よりずっとゆるやかなのは明らかですね」

「可能性はある、と……？」

「現役じゃ無理です。だが、退役軍人となると……。待ってください」

ふと庄村は何かを思い出したようだった。

「ある噂を耳にしたことがあります」

「噂……？」

「部下に聞いた話です。横須賀あたりに、武器を調達してくれる男がいるというのです」

「横須賀……」

「その部下を呼びましょうか？」

ずいぶんと協力的になったものだと真田は思っていた。何が効いたのだろう？

調査内容が、陸上自衛隊とは直接関係ないせいだろうか？　自分が元陸上自衛隊員だからだろうか？

「ぜひ、頼む」

「失礼します」

一等陸尉の階級章をつけた男が入ってきた。線が一本に桜が三つのマークだ。真田と同じ年くらいの精悍《せいかん》な男だった。

「倉田《くらた》一尉です」

庄村一佐が紹介した。「こちらは、『緊急措置令』によって公務執行中の特命調査官どのだ」

「そういう措置があるのは耳にしていましたが……」

倉田が驚いた表情で言った。「その担当官にお会いするのは初めてです」

真田は思った。そりゃそうだろう。担当官は俺ひとりしかいないのだからな――。

そう思いながら曖昧《あいまい》にうなずいていた。

真田は言った。

「横須賀あたりで銃の売買が行なわれているという噂があるそうだが……？」

倉田一尉は不安げに庄村一佐の顔を見た。庄村は重々しくうなずいてみせた。

倉田一尉が言った。

「確認が取れたわけではありません。ですが、陸幕調査部に行った同僚から、非公式にそういう話を聞いたことがあります」

「詳しく話してくれないか……」

「その……。私にそのことを話した調査部の同僚のことは……」

「それは、言わなくていい」

「その同僚も確認を取ったわけではないのです。しかし、確かに、金回りのいい広域暴力団の幹部などが、横須賀に姿を見せることがあるそうです。武器を仕入れるのだといわれています」

「幹部が直接か？」

「そういう取引は、代理を立てることはできないのですよ」

「なるほど……」

「そのほか、日本に潜入したテロリストが横須賀へよく顔を出すことも知られています。彼らは、日本で武器が必要になったら、ラリーに頼め、といった迷信のような合言葉を知っているようです。私が知っているのはそれだけです」

「ラリーに頼め？　何者だろう、そのラリーというのは」

「さあ……。私はただの符牒《ふちょう》だと思っていますが……」

真田はしばらく倉田一尉の言葉について考えを巡らせていた。

ヨセレ・ザミルは、積極的に、文化使節団という名目で来日した調査団を案内して歩いた。

東北地方へ行った調査団は、きわめて興味深いことを確認していた。

青森県三戸郡《さんのへ》に新郷村《しんごう》と呼ばれる村がある。その村には、キリストとその弟イスキリの墓があるという言い伝えが残っている。

この言い伝えの歴史はたいへん浅い。天津教の教祖、竹内巨麿という人物が、昭和十年に、この地に来て「これがキリストの墓だ」と宣言したのが始まりだ。

調査団は、その話を信じたわけではない。彼らが興味を持ったのは、その村の旧名であり、独特の風習だった。

昭和三十年の町村合併以前、新郷村は戸来村《へらい》と呼ばれていたのだ。

調査団は、戸来という名を聞いて、まずヘブライを連想した。

この村では、父親をアヤまたはダダ、母親をアバまたはガガと呼ぶ。それを知って調査団のなかの言語学者が驚いた。

それはユダヤ語だったからだ。

また、この村では、子供たちのチャンチャンコにダビデの星の紋を縫いつける風習があったのだ。

　農夫の作業衣がまた独特だった。ハラデと呼ばれるこの作業衣は、細長い布の中央に穴をあけ、そこから首を出す。そして、前後に垂らした布を帯でしばるのだ。

　これは古代ユダヤのアルバ・カントと呼ばれる宗教用衣裳にそっくりだった。アルバ・カントはモーゼの十戒を守る男が着るものとされている。

　東北の他の地を回って、最も活躍したのは言語学者だった。

　彼は、現地で多くの民謡を録音した。その豊富なテキストを、ヘブライ語で解釈できるかどうか試みたのだ。

　その結果、日本語では意味不明としか言えないはやし言葉の多くが、ヘブライ語で解釈できることを確認したのだった。

　例えば秋田音頭の「ドードッコイ」は、「蝦夷《えみし》の生き残りを殺せ」という意味になるのだ。「ドッコイショ」というよく民謡で使われるはやし言葉も同じ意味だった。

　特に不思議だったのは、岩手県二戸《にのへ》郡福岡町から、青森県八戸市にかけて、昔から伝わっている「ナギアド・ヤラ」という盆踊りの歌だった。

　この歌は現在も歌い継がれている。次のような歌詞だった。

ナギアド
ヤーラヨー
ナギアド
ナサレダーデ
サーイエ
ナノギアッ　イウド
ヤーラヨー

土地の人間に尋ねても、意味ははっきりしなかった。日本語とは思えないのだった。

調査団の言語学者は、これを完全にヘブライ語で解釈してみせた。

前方へ
エホバ進み給え
前方へダビデ
仇を払わんとす

ユダ族の先頭に
エホバ進み
給わんことを

調査団はその事実を知ってまたしても驚いてしまった。

また、彼らは伊勢神宮へ行き、例の石灯籠を見た。調査団は、そこに、縦一列に菊の紋、ヘロデ王の菊花紋、そしてダビデ王の星の紋が並んで刻まれているのを確認した。

その紋の由来は、神官に尋ねても、また神宮奉讃会に訊いてもわからずじまいだった。

ただひとつ判明したのは、ダビデ王の星の紋は、伊勢神宮の奥宮「伊雑《いぞう》の宮」の紋だということだった。

短期間に調査団は多くの収穫を得た。彼らは一度、東京都千代田区二番町のイスラエル大使館へ引き上げることにした。

彼らは、来日前にまとめた資料と、視察で集めた資料をひとところに集め、会議を開くことにした。きわめて重要な会議だ。

ヨセレ・ザミルは、会議に参加しなかった。彼は、話し合いの結果を聞くのがおそろしかった。

それは単純な恐怖ではない。歴史に対する畏《おそ》れであり、神の意志に対する畏れだった。

ザミルは、ウリ・シモンを、また自分の部屋に呼んだ。

シモンを腰掛けさせると、ザミルは尋ねた。

「調査団の連中はずいぶんと興奮しているようだが……？」

「そのとおりです。まるで奇跡を見せられたような騒ぎです」

「予想はしていたことなのだろう？」

「はい。ですが、実際に耳で聞き、眼で見るのとは違います」

「『失われた十支族』の末裔の噂は世界各地にある。イギリス、エチオピア、アフガニスタン、インド、中国、そしてアメリカインディアン……。わが祖国——つまりユダ王国の二支族の子孫たちは、そのたびに、調査におもむいた……」

「はい。エチオピアには、三千年前のソロモン王の血筋を引く民族がいます。一九八五年、わが国は、二万数千人のユダヤ系エチオピア人を飢餓地獄《きがじごく》から救うため、飛行機による救出作戦を行ないました。彼らは、わが同胞です。しかし、北イスラエル王国の十支族の子孫ではありません。

インドのカシミール地方にはユダヤ系が二万人います。調査団が彼らを発見したのです。わが調査団は、世界中どこであろうと、同胞がいると思われるところへ出向いて行きます」

「今回、日本に調査団が来ることになったのは、古代の民族学だけが理由ではないと聞いているが……？」

「はい。『ヤコブとモーゼの祝福』です」

「アブラハムの孫ヤコブが十二人の息子のひとり、ヨセフに与えた祝福、そして、モーゼが同じくヨセフに与えた賜物《たまもの》……」

「そうです。ヤコブの十二人の子というのがすなわち、十二支族の始祖です。ユダとベニヤミンは、ユダ王国の二支族――つまり、現在のユダヤ人の祖先ですね。ところが、このユダやベニヤミンよりも、ヤコブやモーゼにはるかに多くの祝福を受けている息子がいるのです。それがヨセフです。ヨセフは、大自然のすべての恩恵と、生産力を約束されました。それも見えない未来までおよぶ祝福です。このことは、現在のイスラエルより、『失われた十支族』のほうが、多くの恵みを得ることを意味しているのです」

「私ももっと熱心に預言書を読んでおけばよかった……。つまり、国家再建を果たして、『祝福の時期』に入った今、わがイスラエルより多くの恵みを受けている国はどこかと……？」

「今、世界で最も経済的に豊かな国は日本です。世界で最も多くの恵みを受けていると言っていいでしょう。そして、イスラエル建国の一九四八年ごろから、日本は急速に経済力をつけてきました。つまりユダヤ人に対する『恵みの時期』と一致しているわけです」

「日本人が『失われた十支族』の子孫である可能性は、ますます大きくなってきたわけだ」

「もちろん、すべての日本人がそうだというわけではないでしょう。なおかつ、血は混じり、薄められているかもしれません」

「血の問題ではないだろう。ユダヤ人というのは、共通の神を信じることでユダヤ人になるのだ。日本人は、われわれと同じ神を信じてはいない」

「モーゼが申命記に次のように預言しています。『主は、地の果てから果てまでのすべての国々の民の中に、あなたを散らす。あなたはそこで、あなたも、あなたの先祖たちも知らなかった木や石のほかの神々に仕える……』。どうです？　驚くほど日本の宗教を言いあてていると思いませんか？」

「なるほど……。そういえば、こんな預言もあったな……。ホセア書だったと思う。『イスラエル人は長い間、王もなく、首長もなく、いけにえも、石の柱も、エフォドも、テラフィムもなく過ごす。その後、イスラエル人は帰って来て、彼らの神、主と彼らの王ダビデを尋ね求め、終わりの日に、おののきながら主とその恵みに来よう』……」

この場合のイスラエル人というのは、北イスラエル王国の人々——つまり、『失われた十支族』を指している。「つまり、『失われた十支族』は、『終わりの日』が来るまで主のもとには戻ってこないというのだな」

シモンはうなずいた。

「なかなかなものです、少佐。熱心なユダヤ教徒なのじゃないですか？」

「小さなころの教養に過ぎんよ」

「エレミヤ書にはさらに興味深い預言があります。『イスラエルの民もユダの民も共に来て、泣きながら歩み、その神、主を尋ね求める。彼らはシオンを求め、その道に顔を向けて〝来たれ。忘れられることのないとこしえの契約によって、主に連なろう〟という』——つまり、北イスラエルの『失われた十支族』とユダ王国の子孫である現在のイスラエルがいっしょになったときには、十二支族がそろって、主を求めるということになっているのです」

「なるほど……」

「エレミヤ書では、たいへん衝撃的な主の御言葉《みことば》が預言されています。『その日、わたしは、イスラエルの家とユダの家とに、新しい契約を結ぶ。その契約は、わたしが彼らの先祖の手を握って、エジプトの国から連れ出した日に、彼らと結んだ契約のようではない』――つまり、私たちがこれまで絶対だと信じていた、シナイ山で受けた律法とは違った契約を結ぶというのです」

「そうだろうな……」

ザミルは考えながら言った。「手を組む相手が日本人だとしたら、そうなるだろうな」

9

ヘルムート・ウルブリヒトは、大西洋の陽光を浴びてくつろいでいた。

フェニクサンダー・コーポレーション系列のフェニクサンダー海運所有のタンカーに乗っているのだが、このタンカーは、外からはわからない特別な改造をほどこしてあった。

まず、上部構造だった。

甲板が補強されており、約三百メートルの滑走路が作られていた。

船橋《ブリッジ》の下には、格納庫がしつらえられている。

タンカーの名は『ペロポネソス号』といった。

今、その格納庫から小型のジェット機がゆっくりとタキシングで現われた。

ヘルムート・ウルブリヒトは周囲の海を見回した。船の影はない。

もちろん、NATOやワルシャワ条約機構、アメリカ、ソ連の監視衛星が、はるか上空から見ているかもしれないが、そこまで気にする必要はない。テスト飛行は、どこの国の軍隊、航空機メーカーでもやっていることだ。

ウルブリヒトは、ゆっくりと自分に近づいてくるジェット機を眺めて、おもわずほほえんだ。

彼は、ロールスロイス社のペガサスＭｋ105エンジンのすさまじい音のなかでつぶやいた。

「そうか……。おまえがハリアーⅡか……」

特徴あるモグラの鼻面のような機首がウルブリヒトのまえを横切っていった。

空は明るく晴れわたっているが、目のまえのハリアーⅡが、日の光を反射することはなかった。

つや消しのナイトブルーで塗装されているのだ。

前回、ウルブリヒトが乗ったハリアーは、ジャングル迷彩がほどこされていたので、ずいぶんと変わった印象を受けた。

実際、変わったのはそれだけではなかった。

アメリカ海兵隊でＡＶ－８Ｂと呼ばれ、イギリス空軍でＧＲ・Ｍｋ５と呼ばれるハリアーⅡは、大幅な軽量化がはかられていた。

その結果、搭載できる兵器の重量が格段に増えた。

戦闘地域に比較的近い任務では二百二十七キログラムの通常爆弾、ロックアイ集束爆弾十二発、ペイヴウェイ・レーザー誘導爆弾十発。ＬＡＵ－10ロケット・ポッド十基、ヒューズＡＧＭ－65マベリック空対地ミサイル四基、または二十五ミリ銃砲収容筒二基など、驚異的なほど大量の兵器を翼の下に搭載することができる。

実のところ、ハリアーⅡといっても、アメリカのＡＶ－８ＢとイギリスのＧＲ・Ｍｋ５とは同じ型をした別物といえた。

ＧＲ・Ｍｋ５にはＡＶ－８Ｂにはない、自衛用サイドワインダー空対空ミサイルを取りつけるパイロンが増設されている。

その他、航法電子装置にも少しばかりの違いがある。ＧＲ・Ｍｋ５がＡＶ－８Ｂと大きく違う点のひとつは、右舷計器盤のフェランティ移動地図表示装置のブラウン管画面が丸形になったことだ。

また、チャフ・フレア発射装置は、ＡＶ－８ＢがグッドイヤーＡＬＥ－39であるのに対し、ＧＲ・Ｍｋ５は、ＡＬＥ－40に代わっている。

ＧＲ・Ｍｋ５の機首下部は、ＢＡｅ小型赤外線走査装置を取りつけられるようになっている。

さらに、今、ウルブリヒトの目のまえにあるハリアーⅡには特別な点があった。

赤外線前方監視装置を装備していたし、コクピットには、夜間視覚《ナイトビジョン》ゴーグルが用意されていた。つまり、夜間攻撃専用機として改造されているのだ。

機体がナイトブルーに塗装されているのはそのせいだ。

このハリアーⅡは、正確に言うとGR・Mk5のほうだった。

日光浴を楽しんでいたウルブリヒトは、立ち上がり、やるべきことを済ませることにした。

ウルブリヒトにとって、それは、日光浴などよりはるかに楽しいはずだった。

ハリアーのキャノピーが開き、コクピットから若いパイロットが降りてきた。

『新人類委員会』が『ラスト・バタリオン士官候補生』と呼んでいる軍人のひとりだった。

ドイツ空軍を退役して職を探しているところをスカウトされたということだった。

ウルブリヒトに言わせると、腕は悪くないが、肝っ玉がすわっていなかった。

ハンスという名だった。ファーストネームかファミリーネームかは知らない。

ウルブリヒトにとって、そこまで知る必要などないのだ。

ハンスは、イギリスの工場から、タンカー『ペロポネソス号』までハリアーⅡを飛ばして来たのだ。彼はハリアーⅡを、見事に垂直着陸させた。

ハンスはウルブリヒトに、ナチ式の敬礼をした。

ウルブリヒトは最近、こうしたやりかたに嫌気がさしてきていた。あまりに子供じみている。

彼は、わずかではあるが後悔をし始めていた。自分の才能を生かしたいがために、『新人類委員会』のメンバーになったことを、間違いではなかったかと疑い始めたのだ。

もちろん、初めてルドルフ・ヘスに会ったときは、衝撃的に感動した。

あの瞬間が間違いの始まりだったのではないか——彼は最近、しばしばそう思うようになっていた。

「どうだった、ハリアーIIは？」

「すばらしい飛行機ですね。これでパルスドップラーレーダーでもついていれば、おそらくとてつもないファイターになるでしょう」

「こいつには、夜間用の赤外線監視装置がついているんだろう。目標捕捉にはレーザー光線を使い、コンピュータが自動的に兵器を発射してくれる。レーダーの必要などないさ」

「しかし、パルスドップラーレーダーを積み込めば、空中戦能力が格段にアップします」

「その代わり、たやすく敵にレーダー発信波を捉えられてしまう。いいかね、ハリアーもハリアーIIも、戦闘機ではない。あくまでも近接支援機なのだ。超低空飛行でレーダーの下をかいくぐり、地上部隊を支援してすぐさま姿をくらます。それが役目だ。したがって、空対空の武器は本来必要ない。地上攻撃用の兵器をいかにたくさん積めるかが問題なのだ。熱線追尾型のミサイル、サイドワインダーを積めるようになっているが、こいつは、あくまで護身用だ」

「でも、チーフは、ハリアーで迎撃戦闘機のF15Jイーグルと、ドッグファイトをやったと聞いていますよ。二機のイーグルに対して、ハリアーで、互角以上の戦いをした、と」

こいつは上官の機嫌をとるのがうまい——ウルブリヒトは思った。

確かにハンスの言葉に心がくすぐられる思いがした。

「腕を磨くんだ、ハンス。そして、眼を大切にしろ。そうすれば、立派な飛行機乗りになれる」

「はい、チーフ」

ハンスは再びナチス式の敬礼をした。ウルブリヒトは、額に軽く指先を触れる、通常の空軍の敬礼を返した。

ウルブリヒトは部下からチーフと呼ばれていた。ラスト・バタリオンの士官候補たちは、軍隊式の階級を与えられていないのだ。

東西ドイツ軍が統合されたとき、彼らが軍の要職に入り込む計画になっている。そのとき、彼らはもちろん将校となる。

ウルブリヒトは、係員の手を借りずに飛行服を着た。

コクピットに上り、機内を見回す。かつての愛機ハリアーGR・Mk3に比べて、ぐっと近代的になっていた。

一九六〇年代風の計器類は、すべて多機能ブラウン管に取って代わっている。スミスインダストリー社製SU－128A風防投影表示装置を持っている。風防にさまざまなデータが現われる。パイロットは無限遠を見ながら、そのデータを読み取ることができる。

乗り心地もずいぶんと改善されていた。

ウルブリヒトはキャノピーを閉めた。

彼は、ブラウン管に映し出されるモードを次々と切り替え、飛行データのチェックをした。

艦上係員は、ハリアーIIから離れ物陰に隠れた。

係員のひとりがゴーサインを出す。ウルブリヒトは、まず親指を立て、それから素早く敬礼をした。

彼は、水平線を見つめ、一気に推力を上げた。ハリアーGR・Mk5は急加速を始める。

ウルブリヒトは、翼が充分に揚力を得たと感じた瞬間に、ペガサスMk105エンジンの噴出角度を変えた。

ハリアー独特の浮き上がるような離陸が見られた。

武器、および落下タンクを積んでいないので、滑走に要した距離は二百メートル以下だった。

短距離離陸・垂直着陸の長所が最大限に引き出されたのだ。

ハンスは、小さくかぶりを振りながら、『ペロポネソス』の周囲を旋回する、ハリアーIIを見つめていた。

彼の顔には少年のような笑顔が広がっていた。

ハンスはつぶやいていた。

「すごいや。まったく、たいしたパイロットだ」

機内のウルブリヒトは、『ペロポネソス』のブリッジと無線で細かいやり取りをした。

そういった事務的な手続きをしていても、彼の心は躍っていた。彼は飛ばずにはいられない男なのだ。

今、ウルブリヒトは、地上の憂さを忘れていた。

『新人類委員会』がどんな組織でも、今この瞬間はどうでもよかった。彼は自分の背に翼が生えたような気分だった。

声を上げたいくらいに気持ちが高揚している。

昼間に一回、夜に一回テスト飛行をする予定になっていた。

タンカーの『ペロポネソス』は、今や、ハリアー輸送のための空母と化していた。

ウルブリヒトは高揚感のなかで思った。

――ルドルフ・ヘスが何を言おうと、『新人類委員会』が何を命令してこようと、自分のやるべきことは自分で判断しよう――

彼は、飛行の一時的な楽しみに逃げ込むような男ではなかった。つまり、飛べさえすれば何でもやるといった愚か者ではないということだった。

ウルブリヒトは、上空で、ひそかに決心した。真実はこの俺が自分で判断するのだ、と。

彼は四本の噴出ガスとエアを優雅にあやつって、ハリアーⅡを『ペロポネソス』の甲板上に、ふわりと降ろした。

すぐに係員がやって来てキャノピーを開ける。

ウルブリヒトは生きいきとした表情で言った。

「こいつは育ちのいい令嬢だ。大切に扱ってくれよ。暗くなったら、もう一度飛んで、赤外線監視装置と、風防ディスプレイ、夜間視覚《ナイトビジョン》ゴーグルのかねあいをテストする」

「ご機嫌じゃないですか？」

艦上係員が手を差し伸べて言った。

「そうとも」

ウルブリヒトはその手を握り、体をコクピットから引き上げた。「俺は、こいつに一目惚れしたんだ」

道もない山林の下生えや、蔓《つる》、灌木をかき分けての移動は、通常ならば、ひどく体力を使うし、ペースが遅いものだ。

しかし、『山の民』である夢妙斎に鍛え上げられた一団は、自衛隊レンジャーも顔負けの行動力を発揮した。

夢妙斎が『山の民』独特の能力で山林のなかを自在に進んでいく。従う者はまったく不安を感じない。不安感を抱かないというだけで、疲労の度合は大きく違ってくる。

夢妙斎一行は全部で十一人だった。それぞれに武器が手渡されている。銃の他に、それぞれがサバイバルナイフを持っていた。すべての武器を奪われたとしても、彼らには『山の民』の拳法がある。

夢妙斎は、安藤良造を含めたこの十人の部下が充分実戦で役に立つ野戦部隊だと確信していた。

彼らは移動しながら、銃の扱いを訓練した。三日目に目的の廃校に着いたが、そのときには、皆、与えられた銃を、素早くフィールドストリッピングし、すぐに組み立てられるようになっていた。

武術を学ぶ彼らは武器を扱う際の注意をもすぐに呑み込んだ。

「さて……」

夢妙斎は廃校を見渡して言った。「ここにジェット機がやって来ても文句が出ないように、根回しをしておかねばならないな……」

「そうですね」

安藤が同じように、あたりを見回しながら言った。

「周囲に人家は見あたらない。だが、ジェット機が離着陸するとなると、かなり遠くまでそのエンジン音が聞こえるだろう」

「一応この小・中学校の校舎は、武生《たけふ》市の持ち物になっていますね……」

「市街地まではどれくらいだ？」

「十キロというところでしょうか……」

「よし。それでは、私は山を下って、市役所や市の警察に話をつけてこよう。さて、そこで、どうやって話をつけるか、だ。何かいい案はないか？」

「そうですね……」

安藤は考え込んだ。「事実を言うのが一番でしょうね。ジェット機が飛んで来る、と」

夢妙斎は安藤の顔を見て、頬《ほお》だけをゆがめて笑った。

「やはり、それが一番だな……」

「身分など説明する必要はないと思いますよ。勝手にむこうが想像するはずです」

「わかった」

「私たちは、グラウンドの距離を測っておきます。目分量だと、最長の距離で三百メートルはぎりぎりですね……」

夢妙斎はうなずき、下山の用意を始めた。荷のなかにあるスーツとネクタイを出して着る。役人を相手にするときは、服装が肝腎なのだ。


下山すると、バス通りを見つけ、バスで市街地へ入った。

夢妙斎は秘密めいた雰囲気で、市役所へ入り、受付に言った。

「日野山中にある小・中学校の廃校について相談がある」

相談ではなく、明らかに命令の口調だった。

受付にいた若い男は、面食らっていた。

「どちらのかたですか？」

「今は明らかにはできない。あの施設の利用について責任を持っているのは誰だ？その人に会いたい」

「はあ……」

課長と書かれたプレートがある机から、白髪の男が近づいて来て尋ねた。

「どうした？」

受付の男がこたえた。

「ええ……。このかたが……」

夢妙斎の言い分を伝えた。

「どういうことです？」

課長が夢妙斎に尋ねる。

「ここでは、ちょっと……」

「あなたは？」

「今は明かせません。ですが、追って通達があるはずです」

「どこから」

「通達があったときにわかります」

課長と受付の男は不安げに顔を見合わせた。

「あの施設の責任者は？」

夢妙斎は頭ごなしに言った。役人をおさえつけるには、そうするに限る。相手は、自分より上の役人だと勝手に想像するからだ。

「こちらへ……。私がお話をうかがいます」

会議室に通された。すぐさま夢妙斎は言った。

「ある航空機の発着場所を探しています。あの廃校が、まさにぴったりなのです。この航空機はこれまで、航空自衛隊でも使用したことのないジェット機なのです。われわれは、極秘のうちに着陸させ、極秘のうちに飛び立たせたい。迷惑はかけません。ただ、人が近づかなければいいのです」

課長は狐につままれたような顔をしていた。

夢妙斎は声をさらに低くして言った。

「協力していただければ、しかるべき組織から、何らかの感謝の印が送られてくることと思います」

「それはテスト飛行か何かで？」

「それは秘匿されています」

課長はしばらく考えていたが、やがて言った。

「どうせ誰も使っていないところですから、別にかまわんと思いますが」

すぐさま夢妙斎は言った。

「ありがとう。ご協力を感謝する」

警察へ行っても、ほとんど同じやりとりで成功した。

ただし、市役所と違って、警察官を相手にするときは、あるテクニックが必要だ。威丈高に出てはいけない。いかにも恩に着る、といった態度を続けるのだ。

山へ戻る途中、夢妙斎は何度も笑いを嚙み殺さねばならなかった。

10

真田は自分の部屋から、専任の連絡官を呼び出し、一連の手続きのあと、陸幕調査部に電話をつないでもらった。

陸幕調査部は防衛庁内にあり、部長は将補だ。

二つの課に分かれており、課長はそれぞれ一佐が担当する。

第一課は、保全班、企画班、業務班、庶務班に分かれており、主に、国内問題への対処と、調査部の総務的な仕事を行なっている。

第二課は、第一班から第四班まで分かれており、戦略に関する情報を収集、分析する。

特に有名なのは、第二班だ。ここの任務は「戦略情報分析」となっており、スパイ活動の中心となっている。この第二班に別班がある。

早乙女が室長をつとめている陸幕第二部別室とよく混同されるのが、この調査部第二課別班なのだ。

部長の将補が電話に出たときには、さすがに真田も緊張した。

たるのだ。真田の現役時代の階級は一尉だ。将補は四階級も上なのだ。米軍でいえば准将に当

「『緊急措置令』を確認していますか?」

「君はもと自衛官だという噂を聞いたことがあるが?」

「『緊急措置令』を確認していますか?」

重々しい溜め息の音が聞こえた。

「確認している。指令コードをうかがおう」

「『アブラハムの息子たち』です」

「同じ陸幕だというのに、頭ごなしか……。第二部別室もいい気なものだな」

「『緊急措置令』のマニュアルに従ってください」

「今やっておる。指令コード、確認した。今から、陸幕調査部は、君の指揮下に入る。さ、何なりと言ってくれ」

いかにもおもしろくなさそうな口調だった。それはそうだろう、と真田は思った。

だが、ここで弱気に出るわけにはいかない。現在、真田は総理大臣の代理人なのだ。

「横須賀に武器密売ルートがあるとの情報を、調査部でつかんでいると聞きました。詳しく話が聞きたいのですが……」

「聞いたことがないな……」

「知っている人がいるはずです」

「『緊急措置令』か……。やっかいな法令だ……。ちょっと待ちたまえ」

電話の回線が保留となった。

たっぷりと待たされると、別の声が聞こえてきた。

「第一課保全班の者ですが……」

保全班は国内の情報を扱っている。

真田は、調査部長の将補に言ったのと同じことを尋ねた。

「ええ……。その噂は聞いたこと、ありますね」

「『ラリーに頼め』というのはどういう意味なんだろう？」

「そのままの意味ですよ。横須賀にラリーという男がいるのです」

真田は驚いた。

「そこまで知っていて、何も手を打っていないのか？」

「自分らの任務は情報収集です。犯罪者の検挙ではありません」

「警察に通報する義務があるんじゃないか？」

「義務はありません。ラリーという男がいて、どうやら武器を売っているらしい――

あくまでもそういう噂を聞いただけですから……」

「警察は知らんのだろうな……」

「知らないと思います。ラリーはおそろしく用心深い男で、毛の先ほどでも司法当局の人間だという疑いがあれば、絶対に武器の売買の話には乗らないということです」

「商売の相手の身分を調べられるほどの調査能力があるということか？」

「さあ……。そこまでは……」

「コンタクトは取れるのかな？」

「誰でも会うことはできるはずですよ。何でも、きわめて小規模な輸入業を営んでいる男らしいですからね」

「貿易摩擦を少しでも解消しようと、ひとりで努力しているのかな？　涙ぐましいな。おそらくアメリカ人だな」

「さあ……」

この相手も用心深い男に違いない、と真田は思った。簡単に軽口に付き合おうとはしなかった。

真田は礼を言って電話を切った。

『ラリーズ・トレーディング・オフィス』はすぐに見つかった。

横須賀方面の電話帳で住所を調べたのだった。

真田は、くたびれ果てた感じのビルの階段を昇り、ドアをノックした。

「どうぞ」

ドアを開けた。

カウンターがあり、その奥で、白人の大男が、ソファーに腰かけて雑誌を広げていた。経済関係のアメリカの雑誌のようだった。

「何かご用ですか？」

ラリーが流暢《りゅうちょう》な日本語で言った。

「いろいろなものを輸入していると聞いてね……」

「ええ」

わずかだが、ラリーの青い眼に猜疑心《さいぎしん》の気配が浮かんだ。「規模は小さいですがね。それなりに長い間、商売してますからね」

「たいていのものなら取り寄せてもらえるんだろうね」

ラリーは、くわえていた、火のついていない葉巻を左手の人差指と親指でつまんだ。

彼は立ち上がってカウンターのそばへやってきた。正面に立たれると、ひときわ大きく見えた。

「そりゃ物によりますね。経費が折り合うかどうかという問題もある」

「もちろんだ。私も、仕事の話で来たのだからな……」

「東京からいらしたのですか？」

「そうだよ」

「どうして、わざわざ横須賀のこんなちっぽけなオフィスを訪ねて来たんです？」

「噂を聞いたからさ」

「ほう、どんな噂です？」

ラリーは、余裕の笑いを浮かべている。だが眼は笑っていない。

彼はリラックスしているような演技をしている。

「ラリーは、よそでは手に入らないような珍しい品を手に入れてくれる——そんな噂だ」

「買いかぶらんでくださいよ。このラリーという男は、細々とまじめに商売しているだけの男なんですからね」

「わかってる、ラリー。特別の意味があって言ったわけじゃないんだ」

「そうでしょうとも……。それで？　どんなものがご入り用なんですか？」

「そう……」

真田は、オフィスのなかに積まれている段ボールの箱を眺め回した。その一部は蓋が開いて、中身が見えていた。彼は、そのひとつを指差した。「ああいった類のものだ」

ラリーはそちらを見た。

「ああ……。米軍の放出品ですか。ああいうものなら、コネクションがたくさんあるんでいろいろと手に入りますよ」

「だと思った」

「ミリタリーショップか何かをおやりで？」

「まあね」

「しかし、あの程度のものなら、わざわざ私のところへ来る必要はなかったんじゃないですか？　東京にいたって手に入れることは可能だ」

「同じ米軍の放出品でも、あんた以外の人間では手に入れられないものがあるじゃないか、ラリー」

「そうですか？　何のことかわかりませんね」

「銃だよ、ラリー。私が特に欲しいのは、性能のいいハンドガンだ」

「冗談はよしてください。そんなものは売っちゃいません。私の商品は――」

ラリーはオフィスのなかを両手を広げて示した。

「ここにあるものがすべてですよ。疑うなら荷を全部調べてもらっていい」

「いや、そんな必要はない……。当然、ここにはそういったものは置いてはいないだろうからな」

「どこにだって置いちゃいませんよ。いいですか？　私はそういった冗談が大嫌いなんですよ」

「ラリー」

真田は懇願《こんがん》するように言った。「私は拳銃を手に入れなければならない。承知のことと思うが理由は言えない。だが、あんたしか頼れる人間がいないんだ」

「用がそれだけなら帰ってくれ」

ラリーはぴしゃりと言った。「俺は合法的な取引しかしていない。妙な言いがかりをつけると腕ずくでも放り出すぜ」

自己防衛本能のせいだ、と真田は思った。ラリーの態度が急に硬化した。

「金ならある。私を警察か何かだと疑っているのなら、調べてくれていい」

「消えな」

ラリーは、冷ややかな灰色がかった青い眼で真田を見すえていた。タフな海兵隊の顔つきだった。

真田もラリーを見つめていた。

無言の状態が続いた。

真田はなおもラリーを見つめながら言った。

「また来る」

「二度と俺のまえに現われるな」

真田は店をあとにした。

ラリーは自分のことを調べ始めるだろうと真田は思った。

しかし、彼は、結局真田の身分については何もわからないのだ。

特命調査官の身分を証明するものは何ひとつない。ラリーは、真田が、自衛隊を突然除隊した事実を知るに過ぎない。

真田はそう考えていた。ラリーが調査を終えると思われる時分に、もう一度彼のオフィスを訪ねるつもりだった。

真田は、芳賀恵理のことが気になり、東京へ戻ると、目白の神社へ足を向けた。日が暮れかかっていた。天気はあいかわらずはっきりとせず、すでにあたりはどんよりとした夕闇に包まれている。

石の階段を昇ると、いつものように、その上に恵理がいた。

真田はもう驚かなくなっていた。

彼女は親しい人の意識をキャッチして、その人間がどこにいるのかを知ることができる。

また芳賀恵理は、予知をときどき行なうし、大きな危険が発生しそうな場合は、リモートビューイングの能力を発揮することもある。

リモートビューイングは、はるか離れた場所で起こっていることを察知する能力のことで、昔から千里眼と呼ばれているものだ。

「その後、おじいさんはどうだい？」

「私と両親に、山に来るように言ってるわ」

真田は衝撃を受けた。

「どういうことなんだ、それは？」

「山に戻るときが来たのかもしれないわね。理由については何も言ってくれないの」

「確かおとうさんは、松江で役所につとめているんだったな」

「そうよ」

「その生活を捨てるというのか？」

「父も母も覚悟はしていたはずだわ。いずれこういう日が来るって……。何と言っても、私たちは芳賀一族なんですからね」

「君はどうするんだ？　まだ、高校生だろう？」

「山には学ぶことがたくさんあるわ。教科書には載っていないようなことが、たくさん……」

「学校には友だちだってたくさんいるだろうに……」

真田には、自分がつまらないことをしゃべっているという自覚があった。しかし、それ以上のことを思いつかないのだ。もどかしかった。「普通の生活を捨てて、山に戻らなければならない理由ってのは、いったい何なんだ？」

「そんなに悲愴《ひそう》に考えないでよ。まったく感傷的なんだから……」

「感傷的？　俺がか？」

「真田さんも、ザミルさんも」

「ザミル！　あいつは非情な諜報員だ」

「そういう演技をしているだけよ。真田さんだってそれくらいのこと、理解しているんでしょう？」

真田は妙なうなり声を出してから言った。

「今はそんな話をしてるんじゃないだろう。いったい、芳賀舎念翁は何をお考えなんだ？」

「年を取ったんで、家族と暮らしたくなったんじゃない？」

「はぐらかすんじゃない」

「どうして、そう大げさに考えるの？　あたしたちは山の民族。だから山へ帰る。自然じゃない。一生山にとじこもっているわけじゃないのよ。いくらでも里に下りて来ることはできるわ」

「そう簡単なこととは思えない」

そこで真田は、気がついた。舎念と恵理ほどの霊能力者になれば、たやすく心を通い合わせることができるはずだ。

肉親同士なのだから、その通信チャンネルは、きわめて明瞭なはずだ。

真田は言った。

「君は理由がわかっているんじゃないのか？」

「どうしてそう思うの？」

「君と舎念翁の心はつながっているはずだ」

「あのね。そういう誤解は解いておくわね。おじいさまが心にシャッターを下ろしてしまったら、誰ものぞき込むことはできないの。それに、私たちは他人の心をのぞき込むことを厳しく禁じられているわ。

それは倫理上の問題だけではなくて、こちらの身を守るためでもあるの。うっかり他人の心をのぞいてこちらが同化してしまったら、人格が崩壊することもあるのよ」

恵理が一度、その失敗を犯しかけたことがあるのを思い出した。

彼女は、ある国籍不明のテロリストに興味を持ち、心をのぞいてしまった。その瞬間に、激しく心を揺さぶられ、たちまち恋に落ちてしまったのだ。

「だが……」

真田は食い下がった。「君とおじいさんは肉親だ。そういった危険はないだろう？」

「そんなことはないわ。心の世界はすごく複雑なのよ」

「なんだかうまくごまかされてしまった気がする」

恵理は何も言わなかった。

「いつ舎念翁のところへ行くんだい?」

「わからないわ。おじいさまは、なるべく早くと言ってるけれど……」

「気になって寄ってみたんだが、来てよかった……」

「ありがとう」

「出発する日が決まったら教えてくれ」

「わかった」

「じゃあな」

真田はどうも割り切れない気分で、石段を下った。

舎念の動きが活発すぎる。

芳賀舎念はひっそりと人目を忍んで、山のなかで生活をしてきた。急に旅行をしようとしたり、家族を呼び寄せたりするには、何か大きな理由があるに違いなかった。

しかし、今の真田にはどうすることもできない。その理由を知ることすらできないのだ。

目白駅に向かって歩いていた真田は、尾行に気づいた。

神社は人通りの少ない住宅街のはずれにある。いやでも気づいてしまう。

尾行はふたりついていた。真田は気にしないことにした。どこかへ食事を兼ねて飲みに行こうと思った。

尾行者は、真田が飲み食いしている間、じっと張り込んでいることになる。そのうちにしびれを切らして姿を消すかもしれない。そうでなければ巻いてしまえばいいのだ。

真田は、ふと、食事に恵理を誘えばよかったと思ったが、すぐにそうしなくてよかったと思い直した。尾行つきの食事では落ち着かないし、飲む相手としては、恵理は若すぎる。まだ高校生だ——真田はそう思った。

真田は電車に乗り、新宿で降りた。

レストランにひとりで入るのもさまにならないし、ファーストフードでは味気なさすぎる。

彼はジャズの生演奏が聞ける店を見つけた。地下にある店で、彼は階段を降りた。

尾行はあいかわらず続いていた。

真田は店に入った。ライブハウスなどほとんど縁がなかったが、客はまばらで、ひとりでもくつろげそうなところが気に入った。

メニューを見ると、食事もできることがわかった。

真田はビールとトマトソースのスパゲティー、サラダ、ソーセージの盛り合わせを頼んだ。

やがて演奏が始まり、真田は生の音楽に引き込まれ始めた。

食事をしながら演奏を聴いた。

ふと出入口の近くを見て、真田は驚いた。尾行していた男たちがそこに立っていたのだ。

彼は外で張り込んでいるものとばかり思っていたのだ。

この時点で真田は気づいた。

彼らは、尾行をしていただけではないのだ。真田に圧力をかけていたのだ。

真田は紙ナプキンで口のまわりをぬぐうと、ビールを飲み干し、ゆっくりと立ち上がった。

11

真田が会計を済ましている間も、ふたりの尾行者は真田のほうを見つめていた。

演奏は続いている。大きな音なので、店内では、大声を出さないと会話ができない。

真田は、出入口そばの壁に背をあてて立っているふたりに近づいていった。

片方の男の襟をいきなりつかまえて、耳もとで言った。

「おかげでメシがまずくなった。どうしてくれる」

ふたりは、びっくりした顔をしている。

店の従業員も驚いている。

従業員にしてみれば、いきなり真田のほうから言いがかりをつけていったようにしか見えない。

ふたりは手強《てごわ》そうな体格をしていた。

筋肉も発達しているが、その上に、うすい脂肪の膜をはったような感じだ。スポーツ選手のタイプではない。どんな厳しい環境でも戦い続けられる類《たぐい》の男たちだ。

真田は、彼らが戦うことに慣れている連中だということを、その眼を見て確信した。

ふたりは驚いた顔をしたが、それは演技に過ぎなかった。眼におびえの色も、驚愕《きょうがく》の色もない。

その眼は、動揺をコントロールできることを物語っている。

真田は嫌な気分になったが、すでにあとにはひけなかった。

「ここまで付き合ってくれたんだ。せっかくだから、もう少し楽しもうじゃないか」

ふたりは、目配《めくば》せすらしない。真田を見つめている。

真田は突き飛ばすように男の襟を放すと、ふたりを見すえたまま、店のドアを開けた。男たちは黙ってついてきた。

店の従業員が、ぽかんとその様子を見ており、何ごともなかったように演奏は続けられていた。

取り壊し中のビルがあった。盛り場から離れていて人気《ひとけ》がなかった。

真田は、その敷地内に入った。ふたりの男もあとについてきた。

ふたりは明らかに日本人だが、暴力団などの関係者ではないことはすぐにわかった。

暴力団などより、はるかに危険な迫力がある。日本にもこんな連中がいたのか、と真田は感心すらしていた。

「ラリーに雇われたのか？」

真田は言った。「そうだな」

ふたりは何も言わない。

「尾行して俺の周りを嗅《か》ぎ回るぶんには、俺は何も言わない。商売だからな。ラリーのやつが用心深くなるのはわかる。だが、こういうのは我慢できない。俺にプレッシャーをかけるような真似《まね》だ。なめるのもいいかげんにしろ。ラリーにそう伝えろ」

片方が言った。

「俺たちはメッセンジャーボーイじゃない」

真田は、妙な雰囲気を感じた。男は日本人に見える。そして、話している言葉も日本語だ。

しかし、どこか日本人ばなれした感じがあった。言葉のイントネーションに、わずかだが西欧人のような訛《なま》りがある。

真田は相手の次の言葉を待った。

男は言った。

「俺たちはラリーに言われている。あんたが、二度とラリーに近づく気など起こさないように、充分に言い聞かせてこい、と。この意味、わかるか」

その男が言い終えた瞬間に、もうひとりの男が、ステップした。

地面の上を滑るようなステップだ。最も実戦的な足運びだが、なかなか身につけることはできない。

相手の力量を物語っている。

その動きを視界のすみにとらえた瞬間に、真田の体が反応した。

こうした場合、通常の人間だと逃げるかかわすかするものだ。

真田は逆だった。肘《ひじ》をしめて腹部を守り、両手のひらを顔の両脇にかかげて、顔面を防御しながら、相手のほうに向かっていったのだ。

真田が身につけている『山の民』の拳法は、入り身に特徴がある。

どんな場合でも、インファイトが原則なのだ。ふところに飛び込むのが大切なのだった。

相手は、切れのあるフックを見舞おうとしていた。

パンチが風を切って飛んできたが、真田はすでに、相手の拳《こぶし》より内側に入っていた。

身を寄せれば、相手は蹴《け》りを出せない。

この状態から、膝《ひざ》をうまく使う格闘家もいるが、そういった接近戦の技術なら、真田は充分に熟練していた。

近すぎて、通常の拳も出せない。真田は飛び込んだ勢いを利用して、体当たりの要領で肘を叩き込んだ。

真田の肘は、相手の膻中《だんちゅう》に決まった。膻中は中丹田《ちゅうたんでん》と呼ばれる中段最大の急所だ。

ひとりめの男は、後方へ弾《はじ》き飛ばされた。カウンターで決まった形になったので、威力は倍加されていた。

もうひとりの男が、真田の後方から上段へ回し蹴りを見舞ってきた。

ウェイトの乗った回し蹴りだがモーションが大きい。

相手が予備動作に入った瞬間、真田は、腰を落としていた。

後ろ向きのまま地面に両手をつき、右足を鋭く後方へ突き出す。

靴のかかとが、相手の軸足の膝に激突した。

相手は蹴りを出した瞬間だったので、したたかに軸足の膝を蹴られて、もんどり打って倒れた。

真田は力をセーブしていた。『山の民』の拳法の『転び蹴り』という技の一種だが、本気で蹴れば、確実に相手の膝は折れる。

膝関節の骨を折られたら、一生まともに歩けなくなる。

そこまでやる必要はない、と真田は判断したのだ。

折れないまでも、膝を蹴られたダメージは相当に大きいはずだ。

相手は、膝を押さえて、地面でもがいている。

真田は、素早く立ち上がって、肘を叩き込んだ敵を見た。こちらも、本気で打ち込んではいない。

そちらの男は、自分の体重を引きずり上げるように立ち上がった。

大きく息をつくと、その男は、しっかりと構えた。両手を高めにかかげ、顔面と頭部を防御している。

真田は、相手が身につけている格闘技を悟った。

フルコンタクト系の空手か、それをベースにしたアメリカのマーシャルアーツだ。

相手はじりじりと間《ま》を詰めてくる。

真田は退《さ》がらなかった。

普通は誰でも、間を詰めれば引きたくなるものだ。真田はあえてそれをしなかった。

相手の動きが止まった。迷っているのだ。その迷いは一瞬だったが、取り返しのつかない隙となった。

真田が、すっと足を前に進めた。

相手は、驚き、反射的に上段回し蹴りを発した。真田はそれを誘ったのだ。

相手が蹴り足を振り上げると同時に、もう一歩進んで、相手の胸にてのひらを触れた。

それですべてが決まった。

真田は、相手が蹴りの動作の途中にある間に、『打ち』を放った。

『打ち』は、両足で地面を踏みつける反作用を、膝の伸びで増幅し、さらに、腰、肩のひねりで増幅する。

その大きな力を、てのひらの一点で爆発させる打突法だ。

蹴りの途中で、片足だった相手は、二メートルも後方へ吹っ飛んで動かなくなった。

真田は、膝を押さえている相手に近づいた。彼は何とか起き上がろうとしている。

真田は、その肩を蹴り、再び倒れたところを、膝で押さえつけた。肩の前方にある中府《ちゆうふ》と雲門《うんもん》の経穴《ツボ》を、膝頭で圧している。

相手はあおむけのまま、その激痛にあえいだ。

真田は言った。

「ラリーに伝えろ。おまえは俺を怒らせた、とな。今度は、俺のやりかたで会いに行くから、そのつもりでいろと言っとけ」

立ち上がりざま、真田は、相手の脇腹にある大横《だいおう》の経穴《ツボ》を、サッカーボールを蹴るように蹴った。

相手は、ついに悲鳴を洩《も》らした。戦意をなくしたのだ。

真田は、さっとその場を離れた。


飯田橋の部屋に帰った真田は、ビールを飲んで興奮を冷まさなければならなかった。

格闘を演じたあと、どんな人間でも冷静ではいられない。

特に物騒な連中の相手をしたあとは、ひどく興奮しているし、喉がやたらに渇く。

アドレナリンのせいかもしれない、と真田は思った。

たて続けに缶ビールを二本空けて、ベッドに腰を下ろし大きく吐息をついた。

真田は、自分を尾行していたふたりのことを考えた。

彼らは、チンピラではない。正規の訓練を受けた年季が入ったプロフェッショナルだ。しゃべる日本語に妙なところがあったのはなぜだろう？

ふたりのうち片方しかしゃべらなかったことにも何か理由があるのだろうか？

彼は声に出してつぶやいた。

「陸幕調査部の連中じゃないだろうな」

そして、彼は鼻で笑った。

いくら調査部が第二部別室のことを面白くなく思っていても、あそこまで露骨に圧力はかけてこないだろうと彼は思った。

あのふたりのことは考えるのをやめた。どうせ、ラリーが雇った人間だということくらいしかわかりはしないのだ。

真田は次に、芳賀舎念が家族を山に呼び寄せているという話をザミルにすべきかどうか考えた。

すべきだと判断した。

明日、大使館に電話しよう——彼はそう決めた。

翌朝、九時にイスラエル大使館に電話した。ヨセレ・ザミルは留守だということだった。

真田が電話を切ったとたん、ドアをノックする音がした。

続いて、聞き慣れた声が聞こえてきた。

「俺だ。ヨセレ・ザミルだ」

真田はドアを開けた。

「たまげたな、ザミル。芳賀一族と付き合っているうちに超能力が備わったのか？　今、大使館に電話していたところだ」

「驚いているのはこっちだよ」

ザミルはドアを閉めると言った。

「何のことだ？」

「君はラリーのところへ行った。そして、手強いファイターと一戦交えた。相手はふたりなのに、けさ、君はこうしてぴんぴんしている」

真田は自分の顔色が変わるのがわかった。

「どうして君がそんなことを知っているんだ？」

「仕事柄ね……」

「ラリーを知っているのか？」

「知っている」

「いったい何者なんだ？」

ザミルが不思議そうな顔で真田を見た。

「冗談を言ってるのか？」

「いや」

「本当に知らずに会いに行ったのか？」

「そうだ」

「では、ゆうべ君が戦った相手も知らないというわけか？」

「知らない」

ザミルはかぶりを振って、一瞬、天を仰いだ。

「あきれたな……。私は、ラリーに近づくなら、もっと慎重にやってくれと忠告しに来たんだ。だが、そう言ったところで、君には何のことかわからないわけだ」

「説明してくれ」

ザミルは溜め息をついてから話し始めた。

「ラリーが武器の密売をやっているのは知ってるんだろうな。まさか、君は、ラリーのところに安物のブローチだのバッグだのといったガラクタを買いに行ったわけではないだろう？」

「もちろんだ。拳銃を売ってくれと言いに行ったんだ」

「ラリーがどうして警察につかまらずに商売を続けられていると思う？」

「用心深いからだろう。事実、俺は追い返され、なおかつタフなやつらに圧力をかけられた」

「そう。ラリーは用心深い。だが、それだけではない。ラリーのバックについている組織が問題なのだ」

「組織？」

「ＣＩＡだ。アメリカ政府の機関がラリーを助けているのだよ。ラリーのところへ来る不審な客を調査するのはＣＩＡだ。そして、その怪しい客を排除するのもＣＩＡの役目だ」

真田は低くうなってから言った。

「なるほど。俺がゆうべ相手をしたふたり組はＣＩＡだったというわけか？」

「そうだ」

「それでいくつかの疑問が解けたよ。あいつらは、日本人のように見えたけれど、日本のなかで工作するために訓練された日系人か何かだろう。日本語に少しばかり西欧訛りがあった。片方はまったくしゃべらなかった」

「ラリーは海兵隊をやめたときに、そのまま帰国せずに横須賀で輸入商を始めた。最初は本当にたいしたもうけもないアクセサリーなんかを扱っていた。その変わり種の男にCIAが眼をつけた。CIAは、日本国内に起爆剤を用意しておきたかったのだ。アメリカは強力な武器を密《ひそ》かに日本に送り込み、この世界でも稀《まれ》な、治安のしっかりした首都を、次第にニューヨーク並みの物騒《ぶっそう》な街にしてしまおうと考えていたのだ。事実、日本国内でテロを行なおうとする者の大多数はラリーから武器を買っている。『新人類委員会』も例外ではないとわれわれは考えている」

「ほとんどの疑問は解けたが。ひとつだけまだわからないことがある」

「何だね?」

「どうしてモサドのあんたがそんなことを詳しく知っているんだ?」

「モサドだからだ。CIAが動けば、彼らを担当しているモサドの情報担当も動く。たいていのことはわかる」

「なるほど……」

「こっちから聞きたいことがふたつある。まずひとつ。どうしてラリーのところへ行ったんだ？　私が拳銃を持っているのを知ってうらやましくなったのか？」

「任務さ。上司に銃の密売ルートを探し出して接触しろと言われた」

「ではその任務は完了したわけだ」

「まだだ。俺はラリーと会ったが、あいつが銃の売買をしていることを確認していない」

「君はＣＩＡの暴力専門家にプレッシャーをかけられた。それでも不足かね？　それとも、君もユダヤ人の言葉は信じないのかな？」

「この眼で見なければ信じない。それに、悪いが、ザミル、最近では、国際的にはユダヤ人より日本人のほうが信用がないんだ」

ザミルは笑った。

「タフになったもんだ。初めて私と会ったとき、君は、まだヒヨコも同然だった」

「あんたにいろいろ教わったからな。おかげでたまに、自分のことをなんて嫌なやつだろうと思うようになったよ。あんたのせいだ」

「ふたつめの質問だ。さきほど、私あてに電話をしたと言ったな？　いったい何の用だったんだ？」

「芳賀舎念のことだ」

「どうかしたのか？」

「恵理が言うには、芳賀舎念は、家族を山へ集めようとしているらしい。松江にいる恵理の両親も、恵理本人も町での生活を捨てて、舎念翁の言葉に従おうとしているようだった。さらに、だ。舎念翁は、近々、旅行を計画しているということだ。場所や目的は不明だが、俺が、行き先はベルリンじゃないのかと恵理に言うと、彼女は、そうらしいことをほのめかしていた」

ザミルは真田をじっと見つめたまま何かを考えていた。

真田はザミルの言葉を待った。これがどういうことなのかザミルの判断を聞きたかった。

だがあいかわらずザミルは無言で考え込んでいる。

ついに真田のほうから尋ねた。

「どういうことなんだ、こいつは、ザミル」

ザミルは肩をすぼめた。

「私にわかるはずがない。なぜそんなことを私に尋ねる？」

「このあいだから、妙に、あんた、落ち着きがないんでな。あんただけならベルリン問題ということで説明もつく。だが、恵理もそうなんだ。ひどく不安げだ。あんな彼女は滅多に見たことがない」

「恵理が……？」

「そして、舎念翁だ。今まで、深山でひっそりと暮らしてきた彼が、ここのところ、急に活発に動き始めたような気がする。そして、そんな時期に、あんたの国の文化使節団の来日だ。俺には、もはや偶然とは思えない。みんな、何をそんなにあわてふためいているんだ？」

ザミルは、床を見つめるようにして考え込んでいる。

今度は真田も、ザミルがしゃべり出すまで待つことにした。

長い沈黙があった。

ついにザミルが口を開いた。

「聖書の預言だよ」

「またその話か……」

「南ユダ王国の二支族——つまり今のイスラエルの民族と、北イスラエル王国の『失われた十支族』が、出会う日が近づいているのかもしれない……」

真田はザミルの顔をしげしげと見つめた。

「芳賀一族と、あんたの国の文化使節が関係しているんだな？」

　ザミルは曖昧《あいまい》にうなずいた。

「だとしたら、その喜びの瞬間のまえに、『反キリスト』が世界を支配し、われわれは、最終的な戦いに巻き込まれるだろう……」

　真田は沈黙した。

12

「われわれはすでに、ユダヤ人が神の祝福の時代に入りつつあることを感じている」

ザミルが言った。

イエス・キリストが生まれてから七十年後、エルサレムはローマに反逆し、百四十万人の戦死者を出し、また十万人の捕虜を残して陥落した。

それ以来、ユダヤ人の受難の時代は続いてきた。

その頂点が第二次世界大戦のナチスドイツによるユダヤ人の虐殺だった。

西欧史をよく知らない者はナチスドイツによるユダヤ人虐殺のエピソードを聞くたびに信じ難い思いをする。

しかし、ヨーロッパに住む人々にとってはそれほど奇異なことではなかったのだ。

もちろんそれは悲劇として記憶されているし、許されるべき行為ではない。

しかし、歴史のなかでは何度となく繰り返されたことだったのだ。

受難の時代は長かった。

だが、ついに、祝福の時代が始まったのだ。

一九四八年、二千五百年にもわたるユダヤ人の願いがかなった。約束の地パレスチナにイスラエル共和国が生まれたのだ。

この建国が預言のとおりであったことは言うまでもない。

ザミルはそのことを語った。

「――だが、祝福の時代に入ったとはいえ、何もかもがうまくいくわけではない。神の国がやって来るまえに、最終的な戦争と大きな災害を、われわれは経験しなければならないだろう。そして、聖書にそってシナリオを書き、それを実行してきたのがヒットラーであり、その遺志を継いで、活動を続けているのが『新人類委員会』であることを、われわれは知っている」

「だとしたら……」

真田は言った。「俺たちは『新人類委員会』と戦うことで、聖書のパロディーをやっているのか？」

「歴史にパロディーはあり得ない」

ザミルは厳しい口調で言った。「ヒットラーは実際に戦争を起こし、ユダヤ人を殺したのだ」

「わかっている。だが、『新人類委員会』のやろうとしていることは何なのだ？」

「彼らは真剣なのだ。預言とは契約のための言葉だ。誰かが必ず実行しようとする。預言のスケールに大小はない。パロディーのように見えても、それが実際の歴史なのだ」

真田はかぶりを振った。最初は小さく、そして次第に大きく。

「だめだ、ザミル。とてもついていけない。たとえ、頭で理解できても、心の底では納得することなどできない」

ザミルはまた真田を見つめた。しばらくしてザミルは言った。

「無理もない。実を言うと、この私だってそうなのだ。私たちのやるべきことをやるしかない。いたずらに、不安がったり絶望したりするのは愚かだ……。私は、自分にそう言い聞かせているに過ぎない」

「ちょっとはましな言葉を聞いた気がする。そこでひとつ、たのみがあるんだがな……」

「嫌な予感がするな……」

「ラリーに会いに行くとき、付き合ってほしい」

「何のために？」

「ラリーは、ひどく用心深い。日本人だと特に警戒する。警察かもしれない――彼はそう思うんだ。外国人がいっしょなら、話をつけやすいかもしれない」

「話をつける？　接触するのが目的なんじゃないのか？」

「それは上司からの命令だ。俺の目的は、今あんたと話しているうちに変わったんだ」

「何がどう変わったんだ？」

「どういうわけか、背筋が寒くなるような気がするんだ。俺たちは、本気で武装しておく必要がある――そんな気がする……」

「『新人類委員会』のことを言っているのかね？」

「そう」

真田はこたえた。「これまでにないくらい、激しい戦いになるような気がする」

ザミルはまた肩をすぼめた。

「実は、私もそんな気がしていた。恵理の不安もそれが原因だと思う。彼女はおそらく無意識のうちに予感しているのかもしれない。そうだとしたら、いっしょにラリーのところへ行くのを断わる理由はないな……」

二代目夢妙斎は、グラウンドの整地作業をしている部下たちを眺めていた。

そのとなりには安藤がいた。

彼は同様に部下たちを見て言った。

「最長の距離は正確に言うと二百九十四メートル——指令書にあった三百メートルの滑走路には六メートルほど欠けますが……」

夢妙斎が言った。

「いたしかたあるまい。この廃校ほど条件に合った施設は今のところ考えつかない」

小・中学校の校舎は、ちょうど兵営として使用することができた。野営を続けてきた夢妙斎の部隊にとって、雨風がしのげ、ちゃんとした床があるだけでたいへんありがたかった。

安藤はさらに言った。

「こうして、地面を平らにし、水をかけて固めただけで、滑走路として役に立つのでしょうか？　指令書では滑走路を用意しろとのことだったのでしょう？」

「普通のジェット機だったら、コンクリートの滑走路が必要だ。だが、やって来るのがハリアーなら、問題はないはずだ」

夢妙斎は、この廃校の位置をすでに『新人類委員会』に知らせていた。あとは客がやって来るのを待つばかりだった。

タンカー『ペロポネソス』は大西洋を出ると、地中海を経て、インド洋に向かっていた。

『ペロポネソス』はどこから見てもタンカーでしかなかったが、甲板は厚く補強され、その甲板の下には、リフトによってハリアーGR・Mk5が格納されていた。

ヘルムート・ウルブリヒトは、のんびりと船の旅を楽しんでいた。

紅海からアラビア海へ出たとき、サウジアラビアのF15Cイーグルが二機、低空飛行で『ペロポネソス』の上を通過していった。

その直後、イスラエルのIAIクフィールが二機、同じコースを飛んでいった。

ヘルムート・ウルブリヒトは、船橋《ブリッジ》からその様子を眺めていた。

二度にわたる轟音《ごうおん》が過ぎ去ると、航海士のひとりが言った。

「まったくこのあたりを通ると、いつも肝を冷やす。いつミサイルを撃ち込まれたって不思議じゃないんだからな……」

ウルブリヒトは笑った。

「このタンカーが、実は、ハリアーIIのための空母のようなものだと知ったら、連中はミサイルくらいでは済まそうとしないだろうな」

航海士は言った。

「あとから行った二機はイスラエルの戦闘機でしょう？　それを思うと……」

「心配することはない。われわれは公海上にいるのだ」

「わかっています。その点は、私たちの専門ですから」

ウルブリヒトはうなずいて、船橋《ブリッジ》から出た。彼は、キッチンへ行ってコーヒーをもらった。そのカップを持って、船室《キャビン》に行く。

船室《キャビン》は、通常のタンカーのものより広く作ってあり、贅沢な感じがした。

むろん、広いと言っても、ベッドと、小さなテーブルが置ける程度のものだ。

ウルブリヒトは、テーブルの金具にコーヒーカップを固定すると、ベッドでくつろいだ。

命令書を取り、読んだ。これで読むのは三度目だった。

日本に着くまでに、さらに最低二度は読み返すことになるだろう、と彼は思った。

すでに、内容は頭に入っていた。だが、何度も確認することが大切なのだ。

（それにしても――）

ウルブリヒトは、コーヒーを一口飲んだ。

（私はなぜこれまで、この『新人類委員会』に不愉快さを感じなかったのだろう）

人間は、自分の居場所が必要なのだ、と彼は考えた。ただ生きているだけでは満足できない。何のために生きているのかという明確な証《あかし》を求めたがるのだ。

ウルブリヒトにとって、それは飛ぶことだった。

彼に空を飛ぶ機会を与えてくれる連中がいたら、その連中のことをありがたいと思ったものだった。

だが、今は違う。

『新人類委員会』は、東西のドイツ軍が統合されたとき、ヘルムート・ウルブリヒトを然《しか》るべき地位につけようとしている。

ウルブリヒトはそのことを知らされていた。魅力のある話のように聞こえる。だが、実際はそうではなかった。

ウルブリヒトは『新人類委員会』に利用されようとしているだけなのだ。

彼はもちろん、ドイツの国土を、そして、ドイツの民族を愛していた。一時期は愛しすぎてさえいた。

そのせいで、ルドルフ・ヘスと会ったときに、ひどく感動してしまったのだ。

しかし、今や彼は悟《さと》っていた。愛することはよくても、愛しすぎることは誤りのもとだ、と。

彼は、命令書をテーブルに放り出し、カップのコーヒーを一口すすった。

もうじき日が暮れようとする時間に、真田とザミルは、ラリーの店へやって来た。梅雨のどんよりとした雲のせいで、夕闇は早く訪れようとしている。

真田がドアをノックした。

「どうぞ」というラリーの声が聞こえてきた。

真田はザミルの顔を見てから、ドアを開けた。

部屋に入ると、ラリーは前回来たときとまったく同じ恰好《かっこう》をしていた。

ラリーの目が細くなった。彼は葉巻の端を、音をたてて嚙んだ。

ザミルは、ゆっくりとドアを閉め、真田のとなりに立った。

ふたりの前にはカウンターがある。

ラリーはそのむこうで、ソファーに身を投げ出している。彼は立ち上がろうとしなかった。

「またですか？」

ラリーは言った。「勘弁してくださいよ」

「残念だな、ラリー。おまえさん役者には向いていない」

真田が言った。「へたな芝居はやめてもらう」

ラリーは、用心深くザミルの顔を見た。

彼は、ザミルから何ごとかを感じ取ったようだった。手強いプロの体臭のようなものだ。

ラリーは、そのために困惑していた。彼は、このふたりの組み合わせを理解しかねた。

どういう人間なのか見当がつかなかったのだ。

真田はラリーが混乱している間に言った。

「俺からのメッセージは受け取ってくれたか？」

「何のことでしょう？」

「俺にああいう真似は通用しない」

ラリーは立ち上がって、カウンターの近くへやって来た。青い眼が危険な表情を帯びた。

「俺も間違いだと思っている」

ラリーの言葉遣いも態度も急変した。「脅しをかけるだけじゃなくて、消しちまうべきだったんだ」

真田は無表情に言った。

「俺は武器が欲しい。だからあんたのところへ来た。それだけだ。いったい何が気に入らない？」

「何もかもだ、日本人《ジャップ》め。そっちはユダヤ人だろう。まったく何て組み合わせだ」

ザミルが言った。

「それで、この日本人の正体はわかったのか？　当然、調べたんだろう？」

ラリーはザミルを見たがこたえなかった。

さらに真田が言った。

「誰が俺の周囲を調べ回ろうと、何もわかるはずがない。何もないんだからな」

ラリーは、ザミルと真田を交互に見て考え込んだ。

その右手がカウンターのむこう側にある棚へそっと差し伸べられた。

次の瞬間、ラリーは右手に握ったベレッタを真田に向けていた。

しかし、動けなくなったのはラリーのほうだった。

ラリーの動きを読んで、ザミルがコルト三五七マグナムのリボルバーを突きつけていた。ザミルの動きは手品のようだった。

ラリーは眼をむいた。

彼はベレッタをカウンターの上に置かざるを得なかった。

真田がすかさずその拳銃を手に取った。

「ベレッタM1934……。小さすぎるな。俺たちが欲しいのは、もっと強力な銃なんだがな……」

「何者だ？　何のために銃が必要だ？」

ラリーが、ザミルのリボルバーを気にしながら言った。

真田がこたえた。

「驚いたな、ラリー。あんた、客にそんなことを尋ねるのか？」

「わかった。商売の話をしたいんだろう。そのコルトをしまってくれ」

ザミルはしばらく威嚇《いかく》するようにラリーを見すえていたが、やがて、出したときと同じくらいにあざやかな手つきで銃をしまった。

ラリーが息をつくのがわかった。

「さて、これでようやく商談のスタートラインに立ったわけだな」

真田が言った。「長い道のりだった」

ラリーは恨みがましい眼をして言った。

「武器を買いに来た客に銃を向けられたのは初めてだよ」

「私たちは銃を向けられてすごすごと逃げ出したりはしないし、黙って撃たれて死ぬほど間抜けではない」

ザミルが言うと、ラリーは片方の肩をすぼめた。

「日本人とユダヤ人が手を組んで武器を欲しがっている。いったいどういうことなのか知りたいね」

「こういう商売では、そういうことは知らないふりをしているものだろう。あんたは、さっきから、武器を欲しがる理由を知ろうとしている。珍しいやりかただな……」

真田が言った。

ラリーは吐きすてるように言った。

「言いたくはないがな、とんでもない糞《くそ》野郎にしこたま強力な銃を売ったあとなんで、気分がよくない」

「いつも仕事は楽しいとは限らない」

真田は用心深くそこまで言って、さりげなく尋ねた。「そいつもやはり日本人か？」

ラリーはとたんに表情を閉ざした。

「さあ、どんな銃が必要なのか言ってくれ。俺は品物をそろえる。あんたらは金を払う。それきり、俺たちは赤の他人だ」

真田は小さなベレッタを握り、撃鉄を起こして、ラリーのほうへ向けた。

「何の真似だ」

ラリーの顔色が変わった。「おい、あんた。この男は何を考えてるんだ？　何とかしろよ」

ザミルは何も言わなかった。

真田は言った。

「あんたが、最近大量に銃を売ったという相手の話が聞きたいな」

「なぜだ？」

「俺たちの敵かもしれないからだ」

「何だって……」

ラリーの表情から恐怖が消えた。好奇心が頭をもたげたのだ。「とにかく、その銃をよけてくれ。それが本当なら、ちょっとばかり心が動かされる話だ」

真田は考えてから銃を下ろし、撃鉄を戻してから安全装置をかけた。

「それはどういう意味だ？」

「俺は、その頭のおかしい野郎を気に入っていないということだ。考えられるか？　日本人のくせに、ナチ野郎に肩入れしているんだ」

真田とザミルは、さっと眼だけでお互いの顔を見合った。

真田は一言一言確かめるように言った。

「新人類委員会……」

ラリーが真田の顔を見つめた。

「そうなんだな？」

真田が念を押すと、ラリーはそれにはこたえず言った。

「あんたたちが『新人類委員会』と戦っているというのは本当なのか？」

「証明することはできない」

真田は言った。「だが、この男は正真正銘のユダヤ人だ」

ラリーは、またしても、しばらくふたりを交互に見て考えていた。

やがて彼は言った。

「商品を見せよう。ついてきてくれ」

真田とザミルは倉庫の地下の施設を見て驚きを隠せなかった。

ラリーは言った。

「そうやって、素直に驚いてくれる客が、俺は好きなんだ」

真田とザミルは拳銃とアサルトライフルをいろいろと試した。

その結果、真田は、名銃ＳＩＧのＰ226とＸＭ177を選んだ。ＳＩＧ・Ｐ226は、夢妙斎が選んだＣｚ75と同じく九ミリ・パラベラム弾を十五発装弾できる。

ＸＭ177は、アーマライトライフルを短く切り詰めた、いわゆるアサルトカービンだ。

ザミルも、同様にＸＭ177を選んだ。

「いい品だ」

ザミルが言った。「アサルトカービンは中古品のようだが、手入れが行き届いている」

真田はうなずいた。

「今度は金を持ってくる。そのときに商品を受け取ろう」

ラリーが顔色を変えた。

「この場所で取引するのは一度だけだ。ひやかしは許さない」

「銃など扱っていないと言い張っていたのはおまえさんのほうなんだ。それに、おかしなふたり組に襲われている。現金を持ってのこのこ現われると思うか」

ラリーは何も言わなかった。

真田はそのときになってようやくラリーにベレッタを返した。

真田が出口に向かった。ふたりともドアの外に出るまで、ザミルは用心を絶やさなかった。

13

「金が欲しいだと？」

早乙女は電話のむこうでうなるように言った。真田は早乙女を説得するためにいくつも口実を考えていた。

「どのくらい必要なんだ？」

「そう……。五百万ほど……」

「買い物かね？」

「武装する必要が生じそうなので……」

「君は法を犯してはならないのだ」

「わかっています。でも摘発されなければいいのでしょう」

「無茶はするな」

「このまま何もせずにいることのほうが、無茶なことのような気がしますが……」

「何があったのか話せるかね？」

「もちろん」

少しの間、沈黙があった。

「二時間後に君の部屋へ行く」

「わかりました」

電話が切れた。


早乙女は、ちょうど二時間後にやって来た。

真田は、部屋にひとつしかない椅子を早乙女に譲り、自分は、机の角に腰を乗せた。

早乙女の服装や髪にまったく乱れはなかった。ワイシャツは純白できれいにプレスされている。

髪はオールバックに固められている。靴はぴかぴかに磨かれているし、三揃《みつぞろ》いの背広にはしわもない。

早乙女は、手にしていたアタッシェケースを床に下ろすと言った。

「話を聞こうか」

真田は、芳賀舎念の動きやザミルの話、そしてラリーに会うまでを詳しく話した。

早乙女は相槌《あいづち》も打たず、じっと耳を傾けていた。

真田が話し終わった。

早乙女はさらに五分間、無言で考え続けていた。

真田は金を出させるための言い訳を、何通りも頭のなかで繰り返していた。

早乙女は、アタッシェケースを膝の上に持ち上げ、開いた。封筒を取り出した。厚くふくらんだ茶封筒だ。

真田は不思議に思って早乙女の顔を見た。

早乙女は、表情を変えずに言った。

「五百万円だ。受け取りたまえ」

真田は、しばらく早乙女の顔に見入っていた。

「完全な肩すかしだ……。俺は少なくとも金をせびり取るための口実を五つは考えていたのに……」

「努力を無駄に終わらせて申し訳ない。だが、さらに悪いことを君に話さなければならない」

「おかしいと思ったんだ、あっさり五百万もの金を出してくれるなんて……」

「以前、君に、警察官になる気はないか、と尋ねた。君はその気はないとこたえた。今、同じ質問をしてもこたえは同じかね?」

「同じです。いったい何が言いたいのです」

「異動だよ」

「異動……？」

「私は、もともと警察官僚なんだ。警視正の位のまま陸幕に出向していた。今回、私は警察庁に呼び戻された」

「では、『緊急措置令』は？」

「法令そのものは生きている。だが、実務を引き継ぐ者はいない。今の総理は、『緊急措置令』の必要性を、あまり感じておいでではないのだ」

「この俺は、自衛隊に戻れるのですか？」

「その気があるのなら、私が何とか口をきいてみよう」

「事実上の失業というわけですね」

「申し訳ないと思っている」

真田は早乙女から眼をそらし、しばらくぼんやりとしていたが、やがて首を横に振って言った。

「あなたの責任じゃありません。宮仕《みやづか》えですからね」

「君が警察官になることを望むのだったら、然るべきポストを用意できると思うのだが」

「それはまたあなたと組んで仕事をするという意味ですか？」

真田はほほえんだ。「そいつは勘弁してもらいたいな」

「心外だな。私はパートナーから好かれるとばかり思っていたのだが……」

「それで、今発令中の『緊急措置令』は、いつまで有効なのですか？」

「言いづらいが、実はもう失効している」

この言葉は真田にとって少なからず衝撃だった。

「この五百万の意味がようやくわかってきましたよ」

早乙女は、何も言わず立ち上がった。

彼は、居づらそうにしばらく立っていたが、意を決したように真田に背を向け、ドアに向かった。

早乙女がドアのノブに手をかけたとき、真田が言った。

「いろいろ面倒をかけました」

早乙女は立ち止まったが振り向かなかった。

真田はさらに言った。

「自衛官のままでいたら、決して体験できないことを学ばせてもらいました。何より、俺自身の出自を知ることができました」

「そう。君の無茶には苦労させられた」

早乙女はドアを開けた。「だが、楽しかった」

彼は部屋を出た。ドアが閉まった。


真田は身の振りかたを考えなければならなかった。

早乙女は何も言わなかったが、今いる部屋もじきに出なくてはならないのだろう。

自衛官に戻ろうかとも思った。少なくとも、自衛隊には真田の欲求のごく一部を満足させる要素がある。

しかし、彼は自分が決してそうはしないことに、漠然と気づいていた。

彼はどうすべきかを真剣に考えた。まったくうろたえてはいなかった。不安もなかった。

こうなることがあらかじめわかっていたような気さえした。

今、彼はあるひとつの生きかたを考え始めていた。

もしかしたら、その思いは、彼の潜在意識の暗い海のなかにずっと漂っていたのかもしれない。

大きな心理的衝撃によって、それが浮上してきたような気がした。

その考えは、今の真田にとって何よりも魅力的に思えた。

彼は机に近づき、対盗聴装置のついた通常回線の電話に手を伸ばした。発信音がする。まだ電話は切られていなかった。

しかし、もうひとつの赤い電話が鳴ることはもう二度とない。

真田は番号ボタンを押した。

目白にある神社の宮司が出た。恵理が下宿している神社だ。この宮司も、芳賀家の遠縁に当たるそうだ。

真田は恵理を呼び出してもらった。

「高校は中退したわ」

恵理は言った。

真田はひどく傷つく思いがした。いかんな——彼は思った。俺は今、ひどく感傷的になっている。

「転校じゃだめなのか？　むこうにだって高校はたくさんあるだろう？」

「もう高校に行く必要なんかないからよ。あたしはもう、里の人間が作り上げたつまらない教育体系に縛られる必要はないわけ。あたしには、『山の民』の自由で豊かな教育が待っているわ」

「そういうことなのか……」

「ところで、電話してきたのは真田さんのほうよ。何かあたしに話があったんじゃないの？」

「俺も君と似たようなものだ。失業した」

「失業？　今度はどんなドジを踏んだの？」

「ドジを踏んだのは俺じゃなくて、どうやら俺の上司らしい。俺が所属していた組織自体がなくなっちまったんだ」

「豊かな年金暮らし——やっぱり無理だったようね」

「年金暮らし？」

「国家公務員だったんでしょ？」

「そうか……。その点は考えたこともなかったな……。君は本当に高校生か？」

「だから、里の人々の中途半端な教育なんて必要ないって言ってるでしょう」

「そのようだな。そこで、俺は、君の家族を守るために同行しようと思うんだが……。失業したおかげで、たいへん自由になったんだ。いつ出発するのかを聞きたい」

「いつでも……。あたしのほうも、もう学校へ行く必要がなくなっちゃったから……」

「ご両親は？」

「別行動よ。両親は松江にいるんですからね」

「そうか……」

真田は部屋を見回した。この部屋を引き払わねばならなかった。「俺はおそらく二日ばかりかかる」

「いっしょに行ってくれるの？」

「そのつもりだ」

少しの間があった。

「実はね」

恵理が言った。「おじいさまは、こうなることを知ってらしたみたいよ」

「こうなることって……。俺が失業することをか？」

「山へ戻ってくることを、よ。じゃ、連絡待ってるわね」

電話が切れた。

そうだ――真田は思った。俺はいつの頃からか山に戻り、『山の民』として、芳賀一族とともに生きることを望んでいたのではなかったか……。

真田はその事実をはっきり自覚した瞬間、高次元の喜びともいうべき幸福感を味わった。

部屋を引き払うことについては、まったく問題はなかった。

家具はすべて早乙女が用意してくれたものだ。この部屋を含めて、何もかもが国の持ち物ということになる。

真田は、衣類と多少の書物をまとめるだけでよかった。

山に入るに際して余計なものはすべて捨てることにした。真田自身が買った家財は、そのまま置いていくことにした。別に惜しくはない。

大きなリュックに、衣類と必要最小限の生活必需品——スイス・アーミーのナイフに医薬品。サバイバルキットに、フォールディングナイフといったようなものを詰め込んだ。

机の上に、早乙女が置いていった茶封筒があった。

明日はレンタカーを借りて、ラリーの店へ行かなければならない。真田はそう考えていた。

午後になって真田は、白いカローラを借りた。

トランクに物騒なものを入れて運ばなければならないので、できる限り目立たない車がいいと考えたのだ。

キーを受け取ってカローラに乗り込もうとすると、助手席の側にヨセレ・ザミルが立っていた。

「あんたはいつも意表をついて現われる」

真田が言った。「きっと趣味なんだろう」

「こっちは普通に行動している。他の人間があまりに無防備なだけだ」

「それで？」

「ラリーのところへ行くのなら、いっしょのほうがいい。少なくとも、私は銃を持っている」

「そいつは助かるな」

真田は運転席のドアを開けた。「乗ってくれ」

ザミルは助手席にすわった。

車を出すと真田は言った。

「俺を張り込んでいたのか？」

ザミルは肩をすぼめた。

「会いに行くつもりだった。だが、会って何を言うべきか迷い始めた。そこで、君の住むタカダ・ビルの近くでうろうろしていた。君が出かけるのが見えた――こういうことだ」

「それで俺を尾行した」

「人聞きが悪い。私はただ君のあとについてきただけだ」

「何のために俺に会いに来た」

「君が解任されたと聞いたんでね」

「……モサドは何でも知っているんだな」

「そうじゃないさ。少なくとも、モサドは、君の任務については知らないはずだ。私を除いてはね」

「君はそういうことを報告する義務があるんじゃないのか？」

「義務はある。だがすべて果たさなくてはならないわけではない。違うか？」

「じゃあ、どうして俺がクビになったことを知ってるんだ？」

「ゆうべ、大使館に恵理から電話があったんだ」

「おしゃべりだな……」

「いや、賢《かしこ》い娘だ。何をどこに知らせればいいかを心得ている」

「あんたに知らせる筋合いはないよ」

「いや、ある。私が君の権限をあてにしていたとする。そのために、今後、命を落とすようなことがあるかもしれない」

真田はこたえなかった。

確かに『緊急措置令』は、これまで真田やザミルたちに多大な援助を与えてきた。

ザミルが尋ねた。

「これからどうするつもりだ？」

「武器を手に入れたら恵理といっしょに、舎念翁のところへ行く」

ザミルはうなずいた。

「私もいっしょに行こう」

「そう言うと思った」

「当然だ。そのために私はアサルトカービンを手に入れたいのだ」

ラリーは、先日とまったく同じ恰好で雑誌を眺めていた。

真田とザミルを見ても、緊張したりあわてふためいたりというようなことはなかった。

ラリーは、くわえた葉巻を器用に動かした。

「……それで？」

真田は無言で、バッグに入れてあった百万円の束をゆっくりとひとつずつ取り出し、五つ重ねた。

ラリーは雑誌を置き、立ち上がった。

カウンターに歩み寄り、慎重に真田の顔色を見ながら、札束を調べた。

次にザミルを見る。

ラリーは真田に眼を戻して、不意に笑った。

「足りるかね？」

真田は言った。充分な額のはずだった。

「まあまあってところだな。俺は日本人と違って金をもうければいいという主義じゃないんだ」

「日本に長い間住んでいる割には、何もわかってないんだな、ラリー」

真田が言った。「日本の商売はアフターケアのようなサービスが行き届いているから成功するんだ」

ラリーはレオーネに乗り、真田とザミルはカローラに乗って、ラリーの倉庫へやって来た。

ザミルと真田は、もう一度慎重にチェックしてSIG・P226自動拳銃一挺と、XM177アサルトカービン二挺を受け取ろうとした。

そのとき、ザミルが言った。

「カービンを、もう一挺欲しい」

ラリーは目を細めた。西洋人が、気に入らないことがあったときに見せる表情だ。

「五百万でもう一挺のXM177をサービスしろというのか？　ユダヤ人は無茶言いやがる」

「いや……」

ザミルはポケットから封筒を取り出した。

「カービン二挺分については、私が支払う。われわれが使うのだからな」

「その必要はないんだ」

真田は言った。「この金は俺が出すわけじゃないんだから……」

ザミルは真田に言った。

「信義の問題だ」

ザミルが真田に言った。「私たちは、自分で手に入れた武器でしか戦わない」

ラリーは、封筒を受け取り、中身を調べた。一万円札の束で二百万あった。

ザミルが言った。

「七百万は多すぎるはずだ。百万はその日本人に返してやってほしい。何と言っても、これから俺たちは、あんたが売った強力な武器を持った連中を相手に戦わなければならない。他に必要になるものもある」

ラリーはザミルを見つめていた。

彼は、奥の戸棚へ行き、もう一挺のアサルトカービンXM177を取って来た。

そして、ザミルに言われたとおり、百万円の束をひとつ真田に放った。

ラリーは真田に言った。

「そう。そのユダヤ人が言ったとおり、六百で充分だ。弾丸《カートリッジ》もいやというほどつけてやる。マガジンやクリップもおまけだ」

「気前がいいな、ラリー」

真田が言った。「商売繁盛の秘訣を見たような気がしたぞ」

「本当のことを言うとな」

ラリーが、XM177をテーブルに置いてから言った。「俺は心底後悔していたんだ。

こんなことは初めてだ。俺の売った銃が、どんなことに使われようと、知ったこっちゃない。ずっとそう思ってきた。だが今回は違う。俺はナチの生き残りに魂を売った野郎に、言われるまま、強力な銃を売っちまった」

真田とザミルは思わず顔を見合わせていた。ザミルが尋ねた。

「もしあんたの商売上の道義に反さなければこたえてもらいたいのだが」

「何だ？」

「いったい、どんな銃をどのくらい売ったのだ？」

「かまわんとも。教えてやるよ。Cz75ピストル五挺、スペクター・サブマシンガン三挺、キャリコM950マシンピストル二挺、ヘッケラー＆コッホ・MSG90狙撃銃一挺――以上だ」

ザミルはテーブルの上に並んだ自分たちの銃を見て言った。

「急にこいつらが頼りなく見えてきたな……」

「しょうがないさ」

真田が言った。「ぐちを言っても始まらん」

ふたりは、銃を丁寧《ていねい》に布にくるんでかかえ、車まで運ぼうとした。

「待ってくれ」

ラリーが言った。

彼はM79グレネードランチャーを手にしていた。四十ミリ榴弾を最大射程で四百メートル飛ばすことができる。旧式だが威力のある武器だ。

「プレゼントだ。四十ミリ榴弾も一ダースつける」

彼は言った。「俺の後悔のたねを消しちまってくれ」

14

『ペロポネソス』は、室戸《むろと》岬沖の公海上にいた。

月のない夜で、海の上は暗かった。波のうねりも少なく、あたりは静かだった。

はるか遠くの雲がかすかに明るく見えている。四国の街の明かりが反射しているのだ。

『ペロポネソス』の甲板の一部がせり上がってきて、ハリアーGR・Mk5が姿を現わした。

すでにエンジンは始動している。

コクピットのヘルムート・ウルブリヒトは自分の居間にいるようにリラックスしていた。

ナイトブルーに塗装されたハリアーGR・Mk5は、左翼の赤、右翼の緑の航空灯を除いては、完全に闇に隠れている。

もちろん、作戦行動に入れば航空灯も消してしまう。

ヘルムート・ウルブリヒトは、ハリアーGR・Mk5の搭載兵器について、英国空軍の「地上攻撃」のパターンにほぼ従っていた。

英国空軍の「地上攻撃」では、ハリアーＧＲ・Ｍｋ５は次のものを翼と胴体の下に収める。

二五ミリ機関砲二門、弾薬各百発。

ＡＩＭ－９Ｌサイドワインダー赤外線ホーミング空対空ミサイル四基。

六八ミリ・ロケット弾十八発を含むマトラＳＮＥＢロケット・ポッド四個。

千百三十六リッター入り燃料タンク二個。

ＢＡｅ／ダイナミックス小型赤外線走査装置。

このうち、少しでも機体を軽くするために、ウルブリヒトは、四基のサイドワインダー空対空ミサイルを除外していた。

今回の作戦で空中戦をやるつもりはなかった。空対空ミサイルは必要ないと判断したのだった。

今回の目玉は、何と言っても、新しく取りつけた赤外線前方監視装置と夜間視覚《ナイトビジョン》ゴーグルだ。

ハリアーはレーダーを持っていない。レーダー波を出すことによって敵に発見されることを極度に嫌っているという感じがして、この機の設計理念をよく物語っている。

赤外線監視装置と夜間視覚《ナイトビジョン》ゴーグルは、ハリアーの夜間攻撃能力を格段にアップさせるだろう。

ウルブリヒトは、ハリアーの推力を上げた。艦上係員が全員物陰に隠れる。

ハリアーは甲板を疾走し、やがて軽々と夜空に舞い上がった。

ロールスロイスペガサスMk105ターボファンエンジンの音を残し、ハリアーIIは、北上した。

上空から日本本土に近づくものに対しては、航空自衛隊のSS（防空監視所）とDC（防空指令所）が対空レーダーで監視している。

SS（防空監視所）はレーダーによる情報をコンピューターで分析して、航空機の位置、速度、進行方向などを自動的に算出する。

その情報をDC（防空指令所）に符号伝送する。

DCは大型コンピューターで、飛行情報をもとに、敵味方を識別し、ホークやナイキといった地対空ミサイルを割り当てたり、スクランブルした要撃戦闘機の誘導を行なう。

さらに、DCの上にはCC（防空管制所）があり、SOC（航空方面隊戦闘指揮所）を併《あわ》せ持っている。

SOCにはカラーデータ・スクリーンがあり、コンピューター処理された情報が映し出される。

航空方面隊の司令室、幕僚長、防衛部長、戦闘指揮班長、地対空ミサイル係などの机が、そのスクリーンを見下ろすように並んでいる。

しかし、これらのシステムも、最初のレーダーサイトがうまく働かなければ、何の意味も持たない。

レーダー波は、光のように直進するため、水平線や地平線のむこうには届かないのだ。

そのため、最大到達距離と、超低空を探知できる距離――見通し距離との間に大きな差ができる。

レーダー波の最大到達距離は三百八十キロだが、レーダー見通し距離は九十キロに過ぎない。

つまり、超低空で侵入してくる航空機は九十キロまで近づかないと発見できないのだ。

日本列島のたいていの場所が、この半径九十キロの円のなかに収まるように、レーダーサイトが置かれている。

しかし、四国は例外で、すべてのレーダーサイトの見通し距離の外にあるのだ。

中国地方は、島根県の高尾山レーダーサイトと見島《みしま》のレーダーサイト、さらには対馬《つしま》の海栗島《うにじま》のレーダーサイトでカバーされているが、四国の方向から超低空で接近されると、山地がレーダー波をさえぎるため、やはり機影を捉えることは難しい。

海上自衛隊の呉《くれ》地方隊がそれを補っているが、それでもやはり、四国周辺は手薄な海域といわねばならない。

ウルブリヒトは、超低空を飛び続ければ、絶対にレーダー監視網にはつかまらない自信があった。

問題は、指示されているねぐらが、京都府の奥丹後半島にある経《きょう》ヶ岬《みさき》レーダーサイトの半径九十キロ圏内に――つまり、超低空でも発見されてしまう距離内にあるということだった。

ウルブリヒトは、マルコニ社のレーダー警戒受信機・妨害装置をフルに活用することで何とかしようと考えていた。

夜間の超低空飛行は、たいへん危険で、パイロットの神経をたちまちすりへらしてしまう。

しかし、ウルブリヒトは、前回ハリアーGR・Mk3で飛んだときのデータも加えて充実した航法データを持っていた。

その豊富な航法データが、右舷計器盤にあるフェランティ移動地図表示装置の丸型ブラウン管に映し出されたり、フェランティ慣性航法・攻撃システム（INS－FIN1075）をうまく操ったりして、おおいにウルブリヒトを助けた。

海面はそれほど問題はなかった。

危険なのは山地に入ってからだった。起伏の激しい地形に合わせて機を上下させなければならない。

しかも、スピードは九百キロ以下には落とせない。

これまでなら、すべてのパイロットが、真っ暗な山地の超低空飛行を断わっていたはずだ。

しかし、ウルブリヒトは、すでにそういった時代が終わったことを実感した。

赤外線前方監視装置は、進行方向にあるすべての障害物を的確に知らせてくれる。

電波を使ったレーダーのように、敵に察知されない点もハリアーにぴったりだった。

そして、夜間視覚《ナイトビジョン》ゴーグルの効果に、ウルブリヒトは文字通り目を見張った。

基本的には野戦部隊の夜間視覚《ナイトビジョン》システムと同じで、かすかな光を増幅する装置だ。

テストのときは海上だったので、それほどの意味を感じなかった。

しかし、夜の山林を見下ろしたとき、その地形がくっきり見えるので、ウルブリヒトはすっかり驚いてしまった。

「おい。こいつがあれば、いつどこへでも飛べるぞ。地獄の底までもな」

彼はつぶやいていた。

航空自衛隊のレーダーサイトは、まだウルブリヒトのハリアーIIを捉えられずにいた。

福井県は、経ヶ岬のレーダーサイトと、能登《のと》半島の輪島《わじま》レーダーサイト、そして、三重県の笠取山《かさとりやま》レーダーサイトでカバーしている。

が、その三つのレーダーサイトの見通し距離が重なり合わない部分がある。

つまり、半径九十キロの超低空探査可能範囲から外れる地域があるのだ。

それは小松《こまつ》を中心とする海沿いの地域と考えていい。ウルブリヒトは、極力レーダーサイトの九十キロ圏をかすらないように、一度日本海へ出て、この小松周辺の超低空探査不可能の地域からねぐらへアプローチするコースを設定していた。

ウルブリヒトは、マルコニ・レーダー警戒受信機の音がいつ鳴り出すかと神経を集中していた。

ハリアーIIは、四国の高知県と徳島県の上空を通り、播磨灘《はりまなだ》をまたいで、兵庫県に入った。そのまま、鳥取市街の西方上空を通って日本海に出た。

そのポイントは、ちょうど島根の高尾山レーダーサイトと京都の経ヶ岬レーダーサイトの中間に位置し、双方の見通し距離の切れ間があるのだった。

日本海に出たウルブリヒトは、経ヶ岬レーダーサイトの九十キロ圏を避けて迂回し、小松付近に戻ってきた。

彼は、ついに、経ヶ岬レーダーサイトの九十キロ圏内に入らねばならなかった。

マルコニ・レーダー警戒受信機がレーダー波を捉えて見られていることを知らせた。だがほとんど同時に妨害装置が働いていた。

「さ、モーテルはすぐだぞ」

ウルブリヒトは、ハリアーGR・Mk5に語りかけていた。

夢妙斎の部下たちは、地面を固めただけの簡易滑走路の両脇に、古い石油缶を等間隔に並べていた。

石油缶のなかには、枯れ枝や紙くず、ボロ布などが詰め込まれ、その上から灯油がそそがれていた。

石油缶の数はそれほど多くなく、その不足を補うため、ファイアーストームのように、枝だけが積まれているところもあった。

彼らは手分けをして、それらにいっせいに火をつけた。

これが標識灯の代わりだった。

「うまく見つけてくれますかね？」

安藤良造は夢妙斎に言った。

「信ずるしかあるまい。以前、日本にやって来た委員会のパイロットはたいへん優秀だった。今回もそうであるに違いない」

夢妙斎がこたえたとたん、かすかな爆音が聞こえてきた。

それは急速に近づいてきた。

校庭にいた全員が空を見上げた。

山の陰から黒い影が現われた。それは、ジェット機のシルエットを持っていたが、ジェット機とは思えないゆっくりした動きをしていた。

空中でヘリコプターのようにホバリングするジェット機はたいへん不気味な印象を与えた。

ハリアーIIは四本のガスとエアを地面に吹きつけ、ふわりと着陸した。

ペガサスエンジンの出力が下がり、騒音が去った。

しばらくするとキャノピーが開き、コクピットからパイロットが自分の体を持ち上げるようにして現われた。

夢妙斎たちは、誰も身動きせず、その様子を見つめていた。

地上に降り立ったパイロットは、しばらく周囲を見回していた。

夢妙斎がゆっくりと彼に近づいていった。パイロットが、夢妙斎のほうを見た。

「ようこそ、ねぐらへ」

夢妙斎はドイツ語で言った。「私は夢妙斎と呼ばれています」

「ヘルムート・ウルブリヒトだ。重ねがさね世話になるな」

ウルブリヒトは気が進まなかったが、差し出された夢妙斎の手を握った。

「それでは前回いらしたのも、あなたでしたか?」

「そう。ミソをつけちまったがな……」

ウルブリヒトは滑走路のほうを向いた。

夢妙斎の部下たちが標識灯代わりに使った火に土をかけて手早く消していった。

別の一グループが、あらかじめ用意してあった大きな枝をいくつもかぶせて、ハリアーを隠そうとしていた。

葉のついた木の枝がぐるりと機を巡る形で立てかけられ、さらに、小枝がいくつも重ねられた。

「よく訓練されているように見える」

ウルブリヒトが夢妙斎に言った。

「当然です。将来は、ラスト・バタリオンに加わる予定の兵員ですから」

その言葉を聞いて、ウルブリヒトが嫌な顔をしたのは、夢妙斎にとって意外だった。

「ラスト・バタリオンだと……？」

ウルブリヒトがつぶやいた。夢妙斎は思わず尋ねた。

「ベルリンで何かあったのですか？」

「なぜそんなことを訊くんだね？」

「栄光のラスト・バタリオンの話を聞いて、あなたは苦い顔をされた」

ウルブリヒトは夢妙斎を見た。

くだらん男だろうが、ばかではない――ウルブリヒトはそう思った。この男に隙を見せてはならん――。

「思ったように計画がうまく運んどらんのでな……。ＮＡＴＯは統一ドイツ軍を残留させる腹でいるらしいし……」

ウルブリヒトは思いつきで嘘をついた。

夢妙斎は納得したように見えた。

ウルブリヒトがドイツ人であるということが夢妙斎のコンプレックスを刺激しているのだ。

そのせいで、いつもの洞察力が鈍っているのだった。

夢妙斎は言った。

「もうひとつうかがってよろしいですか？」

「どんなことだね？」

「単純に技術的なことです。前回は、攻撃に際して、地上からの若干の支援が必要でした。今回は、そういった指示がなかったのですが……」

「こたえは簡単だ。同じハリアーでも、今回乗ってきたのは、アメリカではＡＶ－８Ｂと呼ばれ、イギリスではＧＲ・Ｍｋ５と呼ばれている。一般にはハリアーⅡと呼ばれている一歩進んだ機なのだよ」

「なるほど……」

「だがこいつだけは渡しておかねばならない」

ウルブリヒトは飛行服の腿《もも》の外側のポケットから、小型のトランシーバーを取り出した。「ハリアーの無線と周波数を合わせてある」

「わかりました」

夢妙斎は、部下たちの作業の様子を点検するために振り返った。

ハリアーIIの姿は、すでにほとんど隠れていた。滑走路の火はすべて消えている。

満足した夢妙斎はウルブリヒトに言った。

「お疲れになったでしょう。簡易シャワーとコーヒーがあります」

「この程度の飛行で疲れたりはしないが、コーヒーは確かにありがたい」

「こちらへどうぞ」

夢妙斎自らが案内した。彼は、安藤のそばを通るときに声をかけた。

「あとをたのむ。ひとりひとりに渡してある銃の手入れをおこたるな、と言っておけ」

「わかりました」

安藤はウルブリヒトを意識して、普段にもまして従順な態度でこたえた。

経ヶ岬と笠取山レーダーサイトでは、奇妙な妨害電波をほんのわずかの間だがキャッチしていた。

どちらのレーダーサイトでも航空機を捉えたわけではなかった。

ＳＳ（防空監視所）のコンピューターは、その異常をすぐさまＤＣ（防空指令所）の大型コンピューターに送った。

ＤＣの大型コンピューターは、特定のレーダーサイトの異常から電波妨害《ジャミング》の可能性もあることをはじき出した。

その情報は、東京都港区赤坂の檜町《ひのきちょう》にある防衛庁のＣＣＰ（中央指揮所）の大型ディスプレイに映し出された。

ＤＣは、要撃戦闘機の基地へ自動的に警報《アラート》を送っていた。

約四分後に石川県小松基地から第３０６飛行隊のファントムⅡ二機が飛び立った。

鷲《わし》のマークをつけた二機のファントムⅡはレーダーを働かせて周囲の空を探したが、機影を発見することができなかった。

十五分後に、彼らは小松基地に引き返している。

このスクランブル発進は正式に記録にとどめられる。

しかし、電波妨害《ジャミング》の正体がつきとめられたわけではなかった。

ＳＳからＣＣＰに至るまで、何人もの人間の眼を、この情報が通過した。なかには、この問題を真剣に取り上げるべきだと考え、主張する者もいた。

結局、スクランブル発進の結果、何事もなかったというのが正式な結論となった。


出雲の三瓶山中の庵《いおり》で眠っていた芳賀舎念は、夢を見て目を覚ました。

いつか見た夢に似ていた。

空から大きな黒い鳥のようなものが襲いかかるのだ。

今回の夢は、まえに見たときより、いっそう印象がはっきりしていた。黒い鳥のようなものは、明らかにジェット機のような恰好をしていた。

芳賀舎念は、横になったまま、目を開けて闇を見つめていた。

天井は張っていない。屋根の下には、太い丸太が何本か交差しているだけだ。

その交差は屋根の上まで突き出し、外から見ると、大社造りの千木《ちぎ》を連想させた。

おそろしい夢のはずだった。

だが、まったく悪夢の感覚はなかった。夢というのは、感情を大きく刺激する。目覚めているときに、悲しいとか恐ろしいとか思わないようなことでも、夢で見るとひどく心理的に動揺する。

特に悪夢は、汗をかかせ、ひどく体力を消耗させる。

芳賀舎念は不思議に思った。

自分が、夢におびえていない理由がわからなかった。予知夢、あるいは、リモートビューイングを夢で行なったのは明らかだった。

そういう感覚を、舎念が勘違いするはずはなかった。

また、戦闘機がやって来たのだ。

だが、彼が恐怖を感じていないということは、その戦闘機が彼にとって危険ではないということになる。

それはまったく説明がつかなかった。

それからしばらく、舎念は、闇のなかで目を見開いたまま、考えごとを続けた。

15

朝八時に、ヨセレ・ザミルが、タカダ・ビルのまえに車を駐めた。

助手席にはウリ・シモンが乗っていた。彼は昨夜は遅くまで調査団の仕事をしていたはずなのに、眠そうな素振りをまったく見せなかった。

ザミルの車は青色のナンバープレートをつけたクラウンだった。大使館の車を持ってきたのだ。

タカダ・ビルの四階から降りてきた真田が車のなかをのぞき込んだ。

ウリの顔を一瞥《いちべつ》してから、ザミルの顔を見て、車のトランクを指差した。

ザミルは気づいて、トランクを開けるレバーを引いた。

真田は自分のリュックをトランクに入れた。後部座席にすわり、ドアを閉めた。

「トランクのなかのゴルフバッグは、何だか物騒な感じだな」

真田が言った。

「そう。君からあずかったものも含めて、わが軍団のほとんどの武器があのゴルフバッグに入っている」

「そう。そのうちの二挺は私とこの男の腰についているのでね。紹介しておこう。わが国の政府でいっしょに働いているウリ・シモンだ」

続いてザミルは、ヘブライ語でシモンに真田を紹介した。

「どうしてアサルトカービンを二挺欲しがるのか疑問に思っていたのだが、こういうことだったのか。彼は君と同じ組織の人間か？」

「こたえることはできんが、これだけは言っておく。彼と、彼の三五七マグナムも頼りになる」

「なるほど……」

「彼は、文化使節団――つまり『失われた十支族』調査団のメンバーのひとりだ。君が解任されたと聞いたので、ひとりでも多くの味方がいたほうがいいと考えたのだ」

「この車も助かるな。外交官の車のトランクを開けろと言う勇気ある警官はあまりいないはずだ」

「それにしても」

ザミルは、振り返って言った。「そりゃどういう恰好なんだ、いったい」

「これからやろうとしていることに、一番便利な服装だと思うが？」

真田は迷彩のほどこされた野戦服を着ていた。サバイバルショップで買った、本物の米陸軍の野戦服だ。

それに軽く底が丈夫な、編み上げのジャングルブーツをはいている。

「街中でそんな恰好をしていたら、怪しまれるぞ」

ザミルが言った。

「だいじょうぶ。ガスガンのサバイバルゲームでもやるんだと思わせるさ」

ザミルは前を向いてエンジンをかけた。

「慎重さに欠ける態度は気に入らんのだがな……」

「本当のことを言うと、動きやすく丈夫な衣類というのはこれくらいしかないんだ。あとは処分しちまったんでね。大きな荷物をかかえて山に入るわけにもいかんだろう」

「そうか……。君は、きょうでここを引き払うんだったな」

「そう……。だが妙な感慨などないぜ。さ、行こう」

ザミルは、まっすぐに目白の住宅街にある神社に向かった。

恵理は軽装だった。

ザミルが迎えに行って、車まで連れてきた。

白いコットンパンツに、体にぴったりとした濃いグリーンのTシャツを着ている。

その上に、パンツとそろいの白い綿のジャンパーを羽織っている。

グリーンのやや大きめのデイパックひとつを手に提げて真田のとなりにすわった彼女はザミルに言った。

「この人、仕事がなくなったと思ったら、どこかの軍隊に志願したの？」

ザミルは言った。

「少なくとも、イスラエルじゃないね」

真田はふたりの会話を無視していた。

ザミルは、恵理にウリ・シモンを紹介した。

シモンに恵理のことを説明すると、彼は眼を輝かせた。彼はヘブライ語で言った。

「この人が芳賀一族の……」

ザミルは同じくヘブライ語で「そうだ」と言った。

そのあと、シモンがヘブライ語で何か言い、ザミルが笑い出した。

「どうしたんだ？」

真田が尋ねた。

「ウリがこう訊くんだ。こんなにかわいらしいお嬢さんなのに、どうして男の名を持っているんだ、となエリというのはイスラエルでは男の名なのだ」

「このかわいらしいお嬢さんは、見かけとは違ってたいへんな男まさりなんだ、と言ってやれよ」

一行は京都で一泊した。

京都では雨になった。雨が降ると、京都は絵に描いたような街になった。

京都を発《た》ち、松江へ向かう。松江で恵理の両親と合流するのだ。

恵理の父母、邦也と良子は、県庁の公宅に住んでいた。

場所は松江米子町の住宅街にある。

彼らはすでに出発の用意を整えていた。家具のほとんどは古道具屋やリサイクルショップに売り、まとめた荷物は自家用車のジェミニに積まれていた。

芳賀邦也・良子と娘の恵理の再会には奇妙な雰囲気があった。

当然だ、と真田は思った。

邦也と妻の良子は、これまでまったく普通の生活を送ってきたのだ。それをすべて捨て去るときがやってきた。

久し振りの娘との再会も、手放しで喜ぶわけにはいかないのだろう——真田はそう想像した。

天気はすぐれなかった。今にも雨になりそうだった。

クラウンとジェミニは、すぐに三瓶山に向けて出発した。


恵理は父親が運転するジェミニに移っていた。

ハンドルを握るザミルが真田に話しかけた。

「あの親子は、やはり特別な感じがする。以前会ったときもそう感じたのだが……」

「特別なのさ。山に戻ることを運命づけられていたのだからな」

「それもあるが、私は、何か神聖なものを感じるのだがな……」

「神聖なもの……。親子の間にか？」

「そうだ。単純な親と子の愛情だけではない。侵しがたい尊敬のような感じだ」

「子が親を尊敬するというのは、確かに今の世では特別なことかもしれんな」

「そうではない。逆だ」

「逆？」

「両親が恵理を尊敬しているのだ。一種宗教的な感じすらする。おそらく霊能力のせいなのだろう。芳賀一族では、霊能力を持って生まれてきた者が、子であれ孫であれ、尊《とうと》ばれるのではないのかな」

「それは日本の伝統には合わないな……」

「そうかな？　皇室を考えてみるんだな、サナダ。皇位継承の順位がすべての基準だ。だから、皇室では母親であっても、皇位継承順位が高ければご子息に対しては敬語をお使いになる」

「そうなのか？」

「大使館関係は皇室との付き合いも多いからな……」

「芳賀一族は、ちょうど皇位継承権のように、霊能力を尊《たっと》んでいる、と……」

「おそらくそうだろう」

真田は邦也と恵理の再会の様子を思い出していた。

あの奇妙な印象は、ザミルが言うところに理由があるのかもしれないと思った。

車は国道9号線から375号線に入った。左手に三瓶山が見えてくる。

出雲と石見《いわみ》にまたがる秀峰だ。古くは佐比売山《さひめやま》と呼ばれ、国引きの引き綱を結《ゆわ》えたという伝説が残っている。

山道に入り、二十分ほどすると右手に、ちょっとした広場が見えてきた。

ザミルと芳賀邦也は何とかそこにクラウンとジェミニを収めた。

そこから、人がすれ違うこともできない細い道が山林のなかに延びている。

スギ、ヒノキの常緑針葉樹とブナ、シイ、ナラなどの広葉樹が織り成す鬱蒼《うっそう》とした山林だ。

六人はそれぞれの荷を持ってその細い山道を登り始めた。

いつものことだが、山林に来ると恵理の表情はいっそういきいきとしてくるのだった。

四十分、登り続けたが、誰も泣き言を言わなかった。

恵理や邦也は芳賀一族の血を引いているから当然かもしれないが、良子が健脚なのに真田は驚かされた。

道の脇に小さな祠《ほこら》が見えた。

と思うと急に目の前が開けた。

棚地になっており、片側は崖になっている。その棚地に、山の斜面に貼り付くように、炭焼き小屋のような、芳賀舎念の庵が建っている。

真田やザミルにとっては、もう馴染みの場所だった。

いつ到着するかは、誰も舎念に知らせていないはずだった。

にもかかわらず、舎念は六人を、庵のまえに立って出迎えた。

「あのかたが芳賀舎念だ」

ザミルがシモンにヘブライ語で言った。

真田は、ヘブライ語はまったくわからなかったが、雰囲気でザミルが何を言ったかを理解した。

シモンを見ると、今にもひざまずきそうな顔をしていた。

「あの祠を見ろ」

ザミルが指差した。シモンはうなずいた。彼は興奮した様子で言った。

「もちろん気がつきましたよ。あの祠のまえに立っている二本の柱は、日本の神社の鳥居ではありません。鳥居は、朝鮮文化の影響だと言われています。朝鮮にはソッデと呼ばれる鳥居の原型のようなものがありますからね。あそこの二本の柱はそれに似ていますがまったく別のものです。われわれユダヤ人の多くはそれに気づくはずです。あれは、古代ユダヤの幕屋《まくや》神殿の前に立っていた二本の柱とまったく同じです」

真田がザミルに尋ねた。

「彼は何をまくしたてているんだ？」

ザミルは日本語に切り替えて言った。

「あの祠の柱のことだよ。私がここに初めて来たときに言ったのと、同じことを言ってるのさ」

家族の挨拶《あいさつ》が済むと舎念は、真田たちに言った。

「よく来てくださいました」

真田は言った。

「私はいままでと立場がまったく変わってしまいました。ある覚悟のうえで、ここへやって来たのです」

舎念はおだやかにうなずいた。

「わかっております」

「それに、恵理さんから、旅行を計画なさっているとうかがっております。そのことも詳しくお話しいただきたいのです」

「そう……。話さねばなりますまいな……。とにかく、お入りください。もうじき、雨になりますでな」

ザミルがウリ・シモンを舎念に紹介した。

シモンは舎念の手を取り、ヘブライ語で言った。

「今、私は民族史の奇跡を目《ま》のあたりにしている思いです」

囲炉裏《いろり》をかこんで腰を下ろすと、真田はなつかしい安堵《あんど》感に包まれるのを感じた。

それは芳賀舎念の雰囲気そのものと似ていた。

まず舎念が真田に尋ねた。

「まず、あなたの覚悟というのを聞かせていただきましょう」

真田はなるべく気負いを口調に出すまいとして言った。

「私も里の生活を捨てて山に入るつもりです。もともと、私が『山の民』だということを悟らせてくださったのは、あなたです」

「なるほど……」

舎念はそれ以上何も言おうとしなかった。

真田は、恵理が言ったことを確認しようかと思った。舎念は、真田が山に戻ることを予想していた——恵理はそう言ったのだ。

だが、それはやめておくことにした。代わりに彼は尋ねた。

「ご家族を山に呼ばれたのはなぜですか？」

舎念は、まっすぐに真田を見ていた。

「また、戦わねばならないのです」

舎念が言った。「敵はすでに準備を整えているようです」

ザミルが小声でシモンに通訳している。

舎念はさらに言った。

「この戦いは、おそらく、われわれ芳賀一族と『新人類委員会』の最後の戦いとなるでしょう。そしてまた、最大の戦いとなるはずです。私だけではなく、息子や孫も狙われ、危険にさらされることになるでしょう。

息子や孫が里で生活していたら、必ずやその周囲の人々にも被害が及ぶことになるのです。それで、私は、彼らを呼び寄せました」

「最後で最大の戦い――」

真田が言った。「まるでハルマゲドンの戦いの話を聞いているみたいだ」

「それだけではない……」

ザミルが言った。「戦いを挑んでくるのは、おそらく夢妙斎だろう。彼は『新人類委員会』の日本における責任者のような役割だからな。ラリーが言っていた人間も夢妙斎に違いない」

「それがどうした？」

「最後の戦いのまえに世界を統治する反キリストのことを思い出したのだ。夢妙斎は、一時的にだが、初代夢妙斎の雷光《らいこう》教団の名を借り、かなり勢力を伸ばした。彼には確かにカリスマ性がある」

「すべて聖書に預言されていることが、芳賀家の上に起こっているというのか？」

「私にはそんな気がする。だとすれば、舎念氏はメシアということになる」

「霊的に言えば――」

芳賀舎念は言った。「聖書の預言などは、あらゆる次元で実現するようにできています。個人の歴史の上で、一家族の歴史の上で、一氏族の歴史の上で、一民族の歴史の上で、また、国家や世界の歴史の上で――」

「ヒットラーは、そこまで考えていたのだろうか？」

真田がザミルに言った。ザミルは真田を見つめてこたえた。

「おそらく。だから彼は、秘数学などを駆使して、聖書の預言の実現に尽力したんだ」

「秘数学？」

「神秘学の一種だ。数字にさまざまな意味を読み取ろうとする。こんな例がある。ナチスの宣伝担当のゲッベルスの名だ。この名にZから逆に番号を当てはめていく。Zが1、Yが2、Xが3という具合にだ。彼の名、ヨゼフ・ゲッベルスのつづりは、J

OSEPH、GÖBBELSだ。これに、さきほどの数字をあてはめていく。そのすべての合計が二百十六になる」

「二百十六がどうかしたかね？」

「ちょっと特別な数字なんだよ。六かける六かける六が二百十六なのだ。六六六——つまり『ヨハネの黙示録』に出てくる『獣の数字』だよ」

「なるほど……。だが、どうしてAを1とせずに、逆にZを1とするんだ？」

「これも『ヨハネの黙示録』のなかの言葉がもとになっている。『私はアルファであり、オメガである』というイエズス・キリストの言葉だ」

「どうも言葉遊びの域を出ていないような気がするがな……」

「ヒットラーは真剣だった。彼はノストラダムスの予言詩をすべて暗誦《あんしょう》していたと言われている。ノストラダムスが『ヨハネの黙示録』をもとに詩を書いたことは有名な話だ」

「そうだな……。問題は、まだそのヒットラーの考えを受け継いで、しかも実行に移そうという連中がいるということだ」

真田は芳賀舎念のほうを向いた。「もう敵は準備を整えていると言われましたね。われわれも、『新人類委員会』の連中が、強力な武器を多数手に入れたことを知っています」

芳賀舎念はうなずいた。

「いつかと同じく、飛行機がやって来ています。おそらくは同じようなジェット機です」

「ハリアーが！」

真田とザミルは思わず顔を見合わせた。

ザミルはヘブライ語でシモンに説明を始めた。シモンの表情に驚きが広がり、彼の顔はみるみる蒼くなった。

彼らにとって、銃はただの飾り物ではない。実際に、自分に向けて弾丸を発射するおそろしい武器だ。

ジェット戦闘機も、日本で見るように、ただ空を横切っていくだけのものではない。実際に爆弾をまき散らし、機銃を撃ち、ミサイルを発射するきわめておそろしい兵器であることを、日常で実感しているのだ。

真田も絶望的な気分になった。

「夢妙斎が日本国内で手に入れた火力だけでも、われわれを大幅に上回っています」

真田は言った。「その上、ハリアーがやって来た……。俺にはもう自衛隊を動かす権限もない……」

ザミルが重苦しい口調で言った。

「領空侵犯のジェット機なんだ。日本の自衛隊がどう対処できるか期待するしかないじゃないか……」

その言葉はむなしく響き、しばらく沈黙が続いた。

「私にもどういうことか、まだよくわかっていないのですが――」

沈黙を破ったのは舎念だった。「そのジェット機から敵意をまったく感じないのです」

全員が舎念の顔を見た。

誰にもその言葉の意味がわからなかった。

16

夢妙斎は、かつて校長室だった部屋を、作戦司令室として使っていた。

ウルブリヒトがふたりきりで話をしたいというので、彼はその部屋へ案内した。

夢妙斎は、机に向かってすわり、ウルブリヒトは、別の部屋から運び込んだ回転椅子にすわった。

ふたりはドイツ語で会話を始めた。

「私がどんな命令を受けているか、君は知っているのか、夢妙斎？」

「いいえ。私は、あなたを支援するために、武装しろと命令されているだけです。ですが、これが最終的な戦いであることは知っています」

ウルブリヒトはうなずいた。

ルドルフ・ヘスはおいぼれて、善悪の判断もつかなくなりやがった――彼はそう心のなかで言ってから、表現を変えて口に出した。

「ヘス副総統は、お年をめされた。あまり考えたくないことだが、彼にはそれほど時間が残されていない。副総統は、今回の戦いが決定的なものであることを望んでおられる。これ以上、ずるずると決着を延ばすわけにはいかないようだ」

「わかります」

「私が受けた作戦命令を話そう」

「はい」

「ヘス副総統は、芳賀舎念だけを抹殺するのでは満足なさらないらしい。芳賀舎念には、息子夫婦と孫娘がいるということだ。その全員を殺せというのだ」

「なるほど」

夢妙斎は顔色を変えなかった。当然だという顔でウルブリヒトの話を聞いている。

ウルブリヒトは、なぜか気分が悪くなるような気がした。同胞の女子供を殺せと言われて、夢妙斎は平然としているのだ。

「その方法だが――」

ウルブリヒトは続けた。「可能な限り確実にやるために、息子夫婦や孫娘が住んでいる家に爆弾を落とすかミサイルを撃ち込めと言われている。その後に、君たちが確認して、もし、それでも生きているようなら、今度は君たちが抹殺する」

「わかりました」

本当に私が言う意味をわかっているのか？

ウルブリヒトは口に出さずに、夢妙斎を見つめた。

夢妙斎は平然としている。

ウルブリヒトはさらに心のなかで言った。

ミサイル攻撃や爆撃は、周囲のまったく無関係な人々にも多大な被害をおよぼすのだぞ！　そんなことが、今、君の国で行なわれようとしている。

夢妙斎は言った。

「そうですね……。早急に息子夫婦と孫娘の所在を確認しましょう。二日あれば何とかなります」

ウルブリヒトは、急に酒を飲みたくなった。飲まずにはいられない気分だった。

「失礼……。何か強い飲み物はないだろうか？」

夢妙斎は、うなずき、ズボンのポケットから平たくて湾曲している金属性のフラスクを取り出した。

「どうぞ。ブランデーが入っています」

ブランデーやウイスキーは戦場においては気つけ薬になる。そのために持ち歩いているのだ。

ウルブリヒトはそれを受け取り、ひと口飲み下した。

さっと熱さが喉を下っていった。

彼は、最後の命令を夢妙斎には話さないことにした。

芳賀一族の抹殺に失敗したときは、最後の手段として、彼らがいる場所から一番近い原子力発電所にミサイルをぶち込め――ウルブリヒトはそう言われていたのだ。

その一発のミサイルは、何百年にもわたって、日本を放射能汚染で苦しめるだろう。瞬発的な被害も、その後延々と続く苦しみも、広島・長崎の原爆の比ではない。

ウルブリヒトは、さらにブランデーをあおった。

安藤は徒歩で電話のあるところまで下山した。

彼は目白の神社へ、電話をした。宮司が出た。

「ぜひ芳賀舎念先生にご相談したいことがありまして……。こちらへ電話すれば、お孫さんが代わりに用件を聞いてくださるとうかがっているのですが……」

宮司がこたえた。

「以前はそうだったのですが、急に事情が変わったのです。舎念の孫は舎念といっしょに暮らすことになったのです」

「では、島根の三瓶山のほうに……」

「はい……。お役に立てなくて申しわけありません」

安藤は礼を言って電話を切った。

あらかじめ調べておいた芳賀邦也の自宅へ電話をする。

「この番号は現在使われておりません」というＮＴＴのメッセージが流れてきた。

安藤は考え、島根県庁に電話をした。

受付が出た。

「部署はわからないのですが、そちらに芳賀邦也さんとおっしゃるかたがおられると思うのですが……」

「お待ちください」

しばらくして電話が別のところにつながった。男性が出た。

安藤は受付で言ったことを繰り返した。

相手は言った。

「ああ、芳賀は役所を辞めました」

「お辞めになった……。松江にはいらっしゃらないのですか？」

「何でも、お父さんのところへ引っ越すとか言っておりましたなあ……。失礼ですが、どんなご用件ですか？」

「いえ……。そのお父さんの芳賀舎念先生のことでちょっと……。たいへん神秘的なお力をお持ちだそうですね……」

「ああ……」

男の声がなごんだ。「一般にはあまり知られておりませんが、宗教関係者などの間では有名な霊能力者らしいですね。雑誌関係のかたですか?」

「ええ、そうです。では、直接、舎念先生をお訪ねすることにします。いろいろとどうも」

安藤は電話を切った。

彼はすぐ山の上の廃校へ急いだ。

「芳賀家の者がいっしょにいるだと?」

安藤の報告を聞いて夢妙斎はほくそえんだ。

「何という好都合だ……。それで、連中は三瓶山にいるわけか?」

「そこまでは確認できていません」

夢妙斎はしばらく考えていた。

「二名ほど先行させて、舎念の様子を探らせろ。われわれは一日遅れで出発する」

「わかりました」

安藤が司令室から出て行くと、夢妙斎は同席していたウルブリヒトにドイツ語で説明した。

「われわれは三ヵ所を攻撃する必要はないようです。芳賀邦也夫婦と芳賀恵理は、現在、芳賀舎念といっしょにいるということです。確認を取るために、二名を先行させました」

ウルブリヒトは目を細めて、しきりに何かを考えている。

しばらくして彼は言った。

「彼らは、まったく別の場所で生活していると聞いていた。今はバカンスのシーズンではないだろう。何のために芳賀一族はひとところに集まっているのだ？」

「おそらくは、芳賀舎念の霊的な能力のせいでしょう」

「霊的な能力？」

「そう。最近は超能力という言いかたのほうが通りがいいようですが……。予知能力とか、リモートビューイング（千里眼）とか、霊的治療とか――そういった超自然的な能力です」

「主の奇跡のような？」

「主の奇跡？　ええ……。まあ、言ってみれば……」

「それがどう関係あるんだね、彼らがいっしょにいることと？」

「芳賀舎念は予知をしたのでしょう。自分だけでなく、息子夫婦や孫娘も命を狙われるということを——」

「一時的に避難させたというのかね？　それは説明になっとらん。自分のところにいても危険であることは少しも変わらん」

「報告によると一時的な避難という様子ではないようですね。息子夫婦も孫娘も、今まで住んでいたところを完全に引き払ったようです」

ウルブリヒトは混乱した。

典型的なドイツ人である彼は、理論的に説明がつかないことに出会うと、ひどくいらいらするのだった。

「どういう利点があるのだ、攻撃されることを予知して、一族がひとところに集まるというのは……」

「お互いに死に目に会うことができますね。肉親が、遠く離れたところで死ぬよりも気が休まるでしょう」

「死を覚悟したというのか？　奇跡を行なえるような存在が……」

「巻きぞえを出したくなかったこともあるでしょうね……」

夢妙斎が言うとウルブリヒトは、はっと彼の顔を見た。

夢妙斎は続けた。「芳賀邦也も芳賀恵理も普通の住宅地に住んでいます。そんな場所で銃を撃ったりすれば、巻きぞえが出ることは充分考えられますからね。特に、今回、われわれはハリアーによる攻撃を計画しています。それを予知したとしたら……」

ウルブリヒトはこたえを見つけたと思った。そして、同時に衝撃を受けた。

彼は芳賀舎念という人物の気高さの一部に触れたような気がした。ウルブリヒトは確かに感動していた。

夢妙斎はさらに言った。

「しかし、戦略としては愚かと言わねばなりません。いっしょにいるにしても山のなかではなく街中にいるべきです。私が舎念ならそうしますね。それも東京のような大都市に隠れます。都市は警察の眼がいたるところに光っていてテロ行為はやりにくい。あの人の多さも、作戦の邪魔になります。山のなかなら、多少のことはやり放題です」

ウルブリヒトは夢妙斎を見てうめくように言った。

「そうだな……」

彼は、自分の眼に敵意がこもらないように苦労しなければならなかった。

ウルブリヒトは思っていた。

私はこんな人間とともに戦わなければならないのか。


「ハリアーを何とかしなければならない……」

真田はザミルに言った。

彼らは荷を解《ほど》き、武器をいつでも使える状態にしていた。

今、恵理とシモンが外をパトロールしていた。

シモンは英語を話す。恵理の片言の英語でも、けっこう意思の疎通は図れているようだった。

シモンはXM177アサルトカービンと、三五七リボルバーを持っていたが、恵理はまったく武器を持っていなかった。

彼女には武器の代わりに生まれ持った霊的なレーダーがそなわっている。

ザミルが真田に言った。

「そう何もかも背負おうとするな。君はかつての君じゃない」

「そう。だが、人と人のチャンネルというのはぷっつりと切れてしまうものではない。特に日本ではな……。何とかできないものかと思ってな……」

その言葉でザミルもふと思いついたように言った。

「そうか……。前回ハリアーを追跡した連中の誰かと連絡が取れれば……」

「そう。詳しい情報を提供すると言えば、相手も耳を貸すかもしれない」

「早乙女はどうなんだ?」

ザミルに言われて真田は首を横に振った。

「人事異動で、どこへ行ったかわからない。もともと自宅の電話番号など知らされていない」

「なるほど、最も近くにいた遠い存在というわけか……」

「前回、俺は防衛庁のCCPでいろいろと話を聞いた。そのときに会った男が、まだ同じ部署にいてくれるといいんだが……」

「その男の名は覚えているのか?」

「覚えている。小島というんだ」

真田は、囲炉裏のむこうにいる舎念に尋ねた。

「その航空機が日本に侵入したのはいつかわかりますか?」

舎念はうなずいた。

「おそらくは昨夜の十時ごろでしょう。ちょうどその時間に夢を見ましたのでな……」

真田はザミルに眼を戻した。

「あとは防衛庁のCCPに電話をすればいいのだが、あんた、防衛庁の電話番号、知ってるか？」

「どうして私に訊くんだ？　君は知らんのか？」

「今まで専任の連絡官がいたのでそういうことを気にしたことがなかったのだ」

ザミルは小さくかぶりを振った。彼は立場上、日本の政府諸機関の電話番号を知っていた。

もちろん防衛庁の番号も知っていた。

真田は立ち上がった。

「ふもとの町まで電話をかけに行ってくる。車のキーを貸してくれ」

「イスラエルの財産だぞ」

ザミルはそう言いながらキーを渡した。

若草色の公衆電話を見つけて、テレホンカードを差し込んだ。

真田は番号ボタンを間違えぬよう注意して押した。

防衛庁の代表番号だったので受付が出た。

「中央指揮所の小島さんをお願いします」

「どちら様でしょう？」

「真田といいます」

「どちらの真田さんですか？」

少しの間考えた。

「真田三等陸佐です」

これは嘘ではなかった。

習志野の第一空挺団で一等陸尉だった真田は、退役させられるときに一階級特進しているのだ。

彼の名は、もちろん受付の記録に残されるだろうが、今はそんなことはどうでもよかった。

「少々お待ちください」

三十秒ほど待たされて回線がつながった。

「小島ですが……」

「真田です」

「真田さん？　失礼ですが……」

「前回の『緊急措置令』のときにお会いした者です。あのときは名乗れませんでしたが……」

「ああ、あのときの……。どうなさいました？」

「昨夜十時ごろ、どこかのレーダーサイトが国籍不明機の機影を捉えていませんか？」

やや間があった。

「今、どちらからおかけですか？」

「三瓶山のふもとから公衆電話でかけています」

「三瓶山……。すると……」

「そうです。前回あなたがたに協力いただいたときと同じ場所にいます」

「『特命調査官』は任を解かれたと聞いていますが？」

「そのとおり。だから、こうして個人名で直接電話をするはめになっているのです」

「任を解かれたのに、また同じことをしようとしているのですか？」

「狙われているのはゆかりのある人物でしてね……。任務を解かれたからといって見殺しにはできません」

「あなたの役目ではないように思いますが……」

「いえ。理由は詳しくお話しできませんが、これは僕の役目なのです」

また少しの間があった。

小島は議論を打ち切って、事実だけを伝えた。

「あなたがおっしゃった、昨夜十時ごろ。正確に言うと、十時六分三十二秒から同四十一秒までの九秒間、京都の経ヶ岬レーダーサイトと三重の笠取山レーダーサイトに異常が起こりました。電波妨害《ジャミング》の可能性もあると考えられたのですが、スクランブルした小松基地のファントムⅡが、何の機影も発見できなかったので、この件はそのままになっています」

「こちらでは、またハリアーがやって来たと信じるに足る有力な情報を得ています」

「なるほど」

小島の声はいっそう真剣味を帯びた。「ハリアーならファントムⅡのレーダーを逃れた説明がつくかもしれませんね。ファントムはＦ15イーグルに比べ、ルックダウン能力が弱い」

ルックダウン能力というのは、下方の航空機を発見する能力のことだ。

「ハリアーの目標は、おそらく、この三瓶山だと思われます」

「どうして、また……」

「理由は説明できません。ただ、この名前を覚えておいてください。芳賀舎念です。この名を聞いて、落ち着きをなくす人間が政府諸機関のなかに必ずいるはずです」

「私には、前回のあなたのような強力な指揮権はありません。だが、やれるだけやってみましょう。国籍不明機が堂々と領空侵犯をし、日本の国土のなかに潜んでいるというのは自衛隊にとって大きな問題ですからね」

「警察庁かどこかに、早乙女という人がいるはずです」

「かつての、陸幕第二部別室室長ですね？」

「そう。いざというときに、ひょっとしたら彼が力になってくれるかもしれません」

「わかりました。情報の提供を感謝します」

真田は電話を切った。

ハリアーに対して、今彼が打てる手はここまでだった。

17

雨が降り出していた。

ヘルムート・ウルブリヒトは、廊下の窓からグラウンドを見て眉をひそめていた。

雨足はたいしたことはない。しかし、この雨が降り続けば、せっかく平らに整地したグラウンドは台無しになってしまう。

ぬかるんだ滑走路からでは、いかにハリアーⅡといえども飛び立つことはできない。

ウルブリヒトは、これを口実に、仕事を引き延ばせるかもしれないと思いついた。

彼はすぐさま、作戦司令室となっている元校長室へ急いだ。

司令室では、夢妙斎が部下たちに、詳細な作戦を説明していた。

すでに二名が先行していた。

壁に詳しい地形図が貼られている。三瓶山の地図だ。同じものを全員が持っているはずだった。

夢妙斎は、その地図に赤や青のマジックで線を描《か》き入れ、襲撃ルートを示していた。

ウルブリヒトに気づくと、夢妙斎はドイツ語で言った。

「どうかしましたか？」

「問題が生じるかもしれない」

「どんなことでしょう」

「雨だ。グラウンドがぬかるんでしまっては、飛び立つことはできない」

夢妙斎はうなずいた。

彼は思案顔で安藤に相談した。

「その点は私も心配していました。この雨が止まないとなると、早急に手を打たねばならないですね」

「どんな手が打てるね？」

「地面に板をびっしりと埋め込むのです。幸い、校舎を取りこわせば板はいくらでも手に入ります」

「材料はある。だが、それをやっている時間がない。われわれは明朝には出発しなければならない」

「では、多少効果は落ちますが、滑走路上でどんどん火を焚《た》くのです」

「地面を乾かそうというのかね？　あまり意味はないと思うが？」

「目的は地面を乾かすことではありません。灰です。大量の灰をまいて、何とかしのぐのです。先日、標識灯の代わりに燃やした木の灰も使いましょう。体育館を探して生石灰でも出てくれれば、さらにめっけもんですね」

「よし。今まで炊事で出た灰もすべて集めろ。こいつが最優先だ。すぐにかかれ」

部下たちがすぐに部屋を出て行った。

ウルブリヒトと夢妙斎だけが残った。夢妙斎がドイツ語で計画を説明した。

ウルブリヒトは言った。

「なるほど……。だが、灰ごときでどれくらい効果があるか……」

「まあ、やるだけやってみますよ。だめだったら、また方法を考えます」

実際には、灰を大量にまくというのはかなりの効果があった。もともとグラウンドの水はけがよかったこともあって、ぬかるみはできなかった。

滑走路上ではほうぼうで焚き火が行なわれた。灯油をかけた木々は勢いよく燃え上がり、降りそそぐ雨をものともしなかった。

その熱が滑走路の状態をまたよくした。

決定的だったのは、古い体育用具室から出てきた生石灰の袋だった。四袋もあり、たっぷり滑走路にまいてやることができた。

日が暮れて作業は一段落した。黙々と働き続ける夢妙斎の兵士たちを見て、ウルブリヒトはつぶやいていた。

「あの男に、若者をひきつけるどんな魅力があるというのだろう」

ウルブリヒトは滑走路に眼を移した。「これ以上、文句はつけられないな」

実際、作業のおかげで、滑走路は何とか飛び立てそうな状態になっていた。他のジェット機では無理だ。だが、ハリアーIIならやってのけるのは可能だった。

翌朝早く、夢妙斎一行は出発した。

下山すると、すぐに彼らはレンタカーのバンを二台借りて、島根へ向かう予定だった。

出発まえに夢妙斎はウルブリヒトに尋ねた。

「本当に手助けは必要ないんですか？　ジェット戦闘機というのはもっと世話のかかるものだと思っていたのですが……」

「正規の整備員がいれば、無論世話にはなる。だが、そうでなくても、ハリアーはこの程度の作戦はこなせる。信頼度の高さでは定評があるし、機の性格上、おそらく世界で一番手がかからないジェット機だ」

おかげでウルブリヒトは、たったひとりになることができた。

攻撃は二日後の夜だ。

ウルブリヒトは考えた。

さあ、自分自身で判断を下すと決めたのだ。今がそのときだ。


一日早く先行していたふたり組は、やはりレンタカーを使った。

彼らはすでに、地元のチェーン店にレンタカーを返し、三瓶山中に入っていた。

山林踏破の訓練は充分に積んでいる。彼らは、いつか夢妙斎がそうしたように、山道から逸《そ》れ、大きく迂回《うかい》して、山側から見下ろすような形で芳賀舎念の庵に近づいた。

スギやブナ、シイの大木が重なり合う隙間のむこうに、舎念の庵が見えた。

彼らは、そこで野営をしながら監視をすることにした。

雨がまだ降っていた。細かい霧のような雨だが、山の雨は体温を奪い、登山者を危機に招く。

ふたりは焚き火をしたかったが、そうはいかなかった。舎念陣営も警戒をしているはずだからだ。

木の枝を燃やすにおいは、風に乗ってたやすく敵に感づかれてしまう。

彼らは、防水布で簡易テントを作り、その下で、アルコール系の固形燃料に火をつけた。缶に詰まっているタイプで、登山用具を売る店などで手に入る。

この燃料は、焚き火のように長時間火をつけておいたり、暖を取ったりはできないが、湯をわかしたりするにはもってこいだ。

ふたりはコッヘルに白湯をわかして少しずつ飲み、体温を保った。

本当なら、活力を得るためにコーヒーをいれたいところだが、敏感な敵は、コーヒーのかおりにすら気がつくことがあるのだ。

彼らは、交替で舎念の小屋を見張ることにした。


「どうも落ち着かないわ……」

恵理が言った。

ザミルとシモンがパトロールに出ている。やはり、言葉が自由に通じる同士がバディを組んだほうがいいようだった。

真田はSIG・P226自動拳銃をフィールドストリッピングしていた。

彼は恵理に訊き返した。

「何がだ？」

「見られているような気がしてしかたがないの」

真田は舎念のほうを見た。

舎念はうなずいた。

「おそらく見張りが来ておりますな……」

「感じますか？」

舎念はかぶりを振った。

「意識を捉えることはできません」

恵理が補って言った。

「知っている意識パターンだったら、すぐに感じ取れるわ。人混みのなかでも、知っている人の顔やうしろ姿がわかるようにね。でも、まったく未知の意識だと、正確に捉えることができないの。あたしもおじいさまもだめ。特別な場合以外はね」

「特別な場合というのは？」

「意識の持ち主が、特別な強い感情を持っていれば、それを感じ取ることはできるわ。例えば憎悪、殺意、恐怖。そして逆に、強い愛情――恋愛のように」

「まいったな。君は、自分に恋をしている人間がわかっちまうのか」

「あら。女ってみんなそうよ」

「じゃあ、今、近くに誰かがいるとして、特別に君に恋をしているというわけじゃないんだな？」

「そう」

「殺意を持っているわけでもない」

「そう……」

ザミルとシモンが戻ってきた。

真田は、今の話をザミルにした。

ザミルは言った。

「おそらく、先乗りの偵察だろう。ついに私たちは敵から逃げられなくなった」

「初めから逃げる気などないさ」

真田が言った。「最後の戦いだということだからな」

「そう……」

舎念は言った。「私たちが逃げると、やつらは、たいへん恐ろしいことをしでかすでしょう。何もかも焼き尽くすほどの熱と、おびただしい人々が病に苦しむ毒素がまき散らされることになるでしょう」

「何が起こるんです？」

真田が訊くと、舎念はまた首を横に振った。

「私には、そこまでしかわかりません。だがその災厄を引き起こさないためにも、私たちは逃げるわけにはいかんのです」

邦也と良子は終始黙っていたが、ついに邦也が言った。

「私にできることはないですか？　私にも何かやらせてください」

ザミルが、珍しくあたたかなほほえみを向けて言った。

「いざというとき、奥さんと娘さんを守るのは、あなたの役目です」


ふたりの見張りは、ついに舎念の小屋にいる全員を確認した。

七人の人間が庵を出入りしている。というのも、用足しには庵の外へ出なければならないからだった。

見張りは、邦也や良子、恵理を写真で見て人相を頭に叩き込んであった。ふたりは、芳賀親子の顔を確認した。

あとの三人——ひとりの日本人とふたりの西洋人については正体がわからなかったが、それは彼らにとって問題ではなかった。
彼らのうち、ひとりが残り、ひとりが合流ポイントに向かうことにした。

「確認したか」

夢妙斎は満足げに言った。

見張りに出ていた若者はさらに報告を続けた。

「芳賀の家族のほかに、男が三人います。銃で武装しているようです。ひとりが日本人。ふたりが白人です」

夢妙斎の顔がほころんだ。逆にその眼は怒りで光った。

彼は言った。

「真田武男とヨセレ・ザミルだ」

「しかし——」

安藤が言う。「もうひとりの白人というのは……？」

「おそらく、ヨセレ・ザミルの仲間だろう。モサドかもしれん。いずれにしろ、『新人類委員会』の敵であることは間違いない。一気に皆殺しにするチャンスだ」

安藤はうなずいた。

「よし、散開して休め。見張りを交替してやれ。移動は暗くなってからだ」

安藤は、部下たちに向かって命令を繰り返した。

真田、ザミル、シモン、そして芳賀邦也の四人は庵の周囲の林のなかで、せっせと作業をしていた。

ブナの枝をたわめてロープでしばり、そのロープを地面に平行に這《は》わせる。ロープに足をひっかけると、結い目が解《ほど》け、ちょうど顔の高さに枝が飛んでくる仕掛けだった。

同じようなトラップをいくつか作った。

「枝のしなりで顔面や頭をがつんとやられるとまず一発で昏倒《こんとう》する」

ザミルが言った。「かなり効果的なブービートラップだよ」

「だが、われわれは見張られているのでしょう？　今さらこんなものを作っても無駄じゃないですか？」

邦也が尋ねた。

「報われない努力などない、と私は信じているのですよ」

ザミルがこたえた。「敵の突進力を弱めることができればいいのです。それに、見張りは、正確に私たちがどんな罠《わな》を作っているかはわからないはずです。細工を見るためには近づかなければならないでしょう。この木々の葉で私たちの姿が隠れるからです。ここそこと何かをやっていることを見せてやることは、逆に敵にプレッシャーをかけることにもなるんですよ」

「なるほど……」

真田は黙々と木の枝の先をナイフで鋭く削っていた。

何本かを針金で木立の枝にくくりつける。木立の枝を上にぐいと持ち上げて、ロープで固定した。

ザミルの罠と同様にロープをひっかけると、解けて、木立の枝が勢いよくもとに戻る。そのとき、鋭く削られた杭《くい》を何本も同時に振り下ろす形になるのだ。

このトラップにひっかかったら、ひどいけがをすることになる。

シモンはさらに単純でしかも敵をいらいらさせる罠をそこいらじゅうに作っていた。

大小の木の切れ端をロープにいろいろな間隔で結びつけ、下生えのなかに張っておくのだ。

勢いよく前進した敵は、そのロープに足をひっかける。すると、ロープはゆるみ、木の切れ端がすねや膝にぶつかり、さらにからまって相手の足を取るのだ。

頭上で、葉がざっと鳴った。

シイの木の枝がたわんでいる。枝の上に恵理が立っていた。

彼女は山林のなかに入ると、すばらしく活動的になる。まるで猿か何かのように、平気で枝づたいに飛んで移動するのだ。

確かにそれは、下生えや灌木をかき分けながら歩くよりずっと速い。

シイの大木を仰ぎ見て真田が言った。

「敵の見張りを見つけたか？」

「いたわよ。ここより上のほうに、簡単なテントみたいなものを張って陣取っていたわ」

「気をつけろ」

真田が言った。「やつらは武装しているんだ。たぶん強力なサブマシンガンを持っている」

「あたしが見つかるようなへまをすると思う？」

「そうだな……」

猿だと思われるのがオチだ、と言おうとして口をつぐんだ。

邦也が気になったのだ。

真田は邦也を見た。自分の娘が危険なことをしている――そのことをどう思っているだろうと思った。

邦也は、娘のほうを見上げただけですぐに眼をそらし、作業に戻った。

真田は、「芳賀家では、霊能力の強い者の格が上なのかもしれない」というザミルの言葉を思い出していた。


日が沈み、三瓶山の林は、濃い闇に閉ざされた。夜の山は野生動物の世界だ。動き回る人間は、たいていはたやすく命を落としてしまう。

だが、『山の民』は別だった。

常人なら、自分の指先も見えないような闇のなかでも『山の民』は不自由なく動き回ることができる。

夢妙斎は『山の民』の力を遺憾《いかん》なく発揮していた。

ウルブリヒトは彼とともに山林で行動したことがないのでいぶかったが、夢妙斎が若者をひきつけるカリスマ性は、『山の民』の能力と特別な拳法から生まれたものだった。

夢妙斎は、夜の山のなか——それも道のない林のなかで危険を察知し、それを回避し、部下たちを導いた。

部下たちは、夢妙斎がいる限り、山林で不安になることはなかった。

山を熟知している者ほどこれが特別なことであることを理解できる。

どんなに海に慣れた者でも溺《おぼ》れることがあるように、人は意外なほど簡単に山林で遭難してしまう。

道路までほんの数メートルの林のなかで、方向を失い息絶えたという例がいくつもある。

人間というのは、里で生きるように運命づけられた動物なのだ。

だが、例外もある。山で生まれ、山とともに生き、山のなかで一生を終えようとする誇り高い『山の民』もその例外のひとつだ。

夢妙斎には、今、下生えの一本一本まではっきりと見えていた。

しかし、安藤をはじめとする部下たちはそうはいかない。互いの姿すらはっきりと見えていないに違いない。仲間の姿が闇に融《と》けていくときの不安はきわめて大きい。

夢妙斎はそれを理解しているので、時間をかけて、部下たちの様子を確認しながら前進した。

ある高さまで登ると、夢妙斎はいったん部下たちを集合させた。

「目標は、われわれより下にある。西に移動して、目標の真上に出たら、そこから、取り囲むように散開する。その段階で、今、見張りに立っているふたりも包囲網に加える」

彼は一同を見回した。疲労している者はいない。

「よし、西へ移動する」

再び時間をかけて横へ移動した。

ちょうど舎念の庵の真上に来ると、再び夢妙斎は部下を集合させた。

「私は、ここからまっすぐ下り、適当な木を見つける。木に登って戦況を見ながら、こいつで援護する。チャンスがあれば、敵を狙撃する」

彼はスナイパーライフル、H《ヘツケラー》&K《コツホ》・MSG90を手にした。「ふたりずつ組になって展開しろ。見張りのふたりに誰か知らせに行け。よし、さあ、行け！」

恵理と舎念が唐突に顔を見合った。

真田はそれに気づいた。ザミルとシモンはパトロールに出ている。

真田は恵理に尋ねた。

「来たか？」

恵理はうなずいた。

「間違いないわ。夢妙斎よ」

18

「まだ連絡は入らぬか？」

ベッドで、背に枕を重ね身を起こしているルドルフ・ヘスがワルター・ホフマンに尋ねた。

「そろそろ作戦が実行されるころだと思います。ヘルムート・ウルブリヒトが『ペロポネソス』まで帰投しない限り、連絡を取らないことになっておりますので……」

「吉報は寝て待つことにするか」

「それがよろしいかと……」

ルドルフ・ヘスは目を閉じて、何ごとか考えているようだった。

ワルター・ホフマンは気になっていた。ヘスの状態がこのところ、あまりすぐれないようなのだ。

それまでの快調さの反動のような感じだった。

ストレスや心理的なショックはヘスの健康にたちまち悪影響をおよぼすだろう。しかも、きわめて深刻な悪影響を、だ。

もし、今度も芳賀一族抹殺に失敗したら、ヘスは怒り、衝撃を受け、落胆するだろう。そういった心理的動揺に、今のヘスの体は耐えられるだろうか――ホフマンはそれを心配していた。

ヘスが目を閉じたまま言った。

「NATOの様子はどうだ？」

「は……」

「統一ドイツ軍を巡る動きだ」

NATOも、西ドイツ政府も、統一ドイツ軍が残留する方向で調整をしつつあった。

ドイツ軍が独立をし『ラスト・バタリオン』として生まれ変わるというルドルフ・ヘスの計画は、時が経つにつれて実現から遠のいていくように見えた。

「ご安心ください」

ワルター・ホフマンは言った。「確かにNATO残留を主張する勢力もありますが、何よりも、ドイツ本国の意志が問題なのです。私たちはドイツ国内の世論を軍事的独立に持っていく自信があります。ドイツ国民は腰抜けではありません」

「だといいがな……」

「しかも、ソ連は、いまだに、巨大な統一ドイツ軍がNATOに加わることを快く思っていません。われわれ『新人類委員会』は、ソ連と話し合う用意もあるのです」

実際は、ホフマンが言うほど簡単ではなかった。

一九九〇年四月末の段階で、シュトルテンベルク西独国防相とエッペルマン東独国防・軍縮相が話し合いをした。

その結果、統一ドイツはNATOに所属するが、現在の東独地域にはNATO軍を進駐させないという方針で一致を見た。

そのニュースは、ヘスの耳には無論入れていなかった。ヘスの体調を考慮してのことだった。

「ソ連か……。ソ連と話し合うか……。因果なものだな……」

ヘスは言った。ヘスにとっては、ソ連は、一生を通じての敵側陣営なのだ。

ホフマンは何も言わなかった。

ルドルフ・ヘスは目を開けた。

「芳賀舎念か……。殺すまえに、一度会っておきたかった……」

「はい……」

「もう退《さ》がっていい。私は休むことにする」

ホフマンは、枕をととのえ、老人を静かに寝かせた。

「失礼いたします」

彼は、部屋の明かりを消して外に出た。

廊下では、『新人類委員会』のメンバーのひとりが待っていた。

ホフマンが尋ねた。

「何だ？」

「あまりよくないニュースです」

「私の部屋で聞こう」

ホフマンは廊下を進んだ。

ホフマンの部屋に入り、ドアを閉めると、すぐに男は報告を始めた。

「統一ドイツに向けて、西ドイツ当局が、右翼組織への監視を強めました。ネオナチなど『新人類委員会』に関係あるいくつかの団体も、厳しい警察の締めつけにあっています」

「何とか乗り切るんだ。『ラスト・バタリオン』の士官候補生は、徹底的に地下にもぐらせろ」

「努力はしています。……しかし……」

「『新人類委員会』は正義を行なおうとしている。神の名において、われわれは正しい。そのことを忘れるな。歴史は正義を証明してくれる」

「GSG9(ドイツ対テロ特殊部隊)が活動を始めました」

ホフマンは、悪いニュースだと彼が言った意味を今の一言で知った。

だが、うろたえるわけにはいかなかった。

「GSG9といえども、実際にテロ行為を行なわない者に手出しはできないのだ。恐れるな。そして、われわれの時代を待て。もうじき、日本から吉報が入るはずだ」

男は何か言いたげにたたずんでいたが、やがて、言った。

「わかりました。いっそうの努力をいたします」

彼はホフマンの部屋を出ていった。

ホフマンはひどく疲れ、椅子に体を投げ出してしまった。

ザミルとシモンがパトロールから戻って来た。

ザミルは真田に言った。

「何だか嫌な気分だ」

死線をいくつも越えてきた男の勘か、と真田は思った。

「さすがだな、ザミル。夢妙斎がやって来ている。恵理と舎念翁が確認した」

「ということは、サブマシンガンを持った手下どももうようよしているということだ。たぶん、周囲に展開しているな」

「ああ。まず囲まれていることは間違いない」

「何とか人数だけでもわからないものかな？」

ザミルと真田は恵理を見た。

恵理は言った。

「やってみるわ。きっとむこうも極度に緊張しているはずだわ。その緊張を察知してみるわ」

恵理は目を閉じた。頰が上気し始める。彼女が霊能力を発揮するときの兆《きざ》しだった。

恵理は暗闇のなかをまさぐるように、目を閉じたままで、顔をゆっくりと動かした。

目を開いた。

「夢妙斎のほかに十人」

「間違いないな」

真田が尋ねると、恵理は言った。

「もし、リラックスしている人がいるとしたら話は別ですけどね……」

「いいだろう。敵は十一人と仮定しよう」

ザミルはシモンにヘブライ語で会話の内容を伝えた。

真田、ザミル、シモンの三人はXM177を持っていた。

ザミルとシモンは、腰のホルスターに、コルト三五七リボルバーを入れている。

真田は、SIG・P226を腰のうしろに差していた。

ザミルとシモンは、XM177のマガジンを二本ずつベルトに差した。

リボルバーのスピードローダーをポケットに入れる。

本格的な戦いにそなえているのだ。

真田も同様にXM177のマガジンを二本、SIG・P226のマガジンを一本それぞれ野戦服の別のポケットに入れた。

芳賀邦也と良子は緊張した面持ちでその様子を見つめている。

そのまま時間が過ぎていった。

「何も始まらんな……」

真田が言った。

恵理が突然、声を上げた。

「半分以上が眠ってるわ！」

「眠ってる？」

真田が言った。

「ええ……。意識の流れがとぎれてるわ。眠っているとしか思えない」

真田はザミルのほうを見た。

「今夜は襲撃はなしということか」

「ちくしょう！」

ザミルが言った。「やつらはハリアーを待ってるんだ！　でなければ、のうのうと眠りこけていられるはずがない」

「先制攻撃を仕掛けるなら今じゃないか？」

「だめだ。火力が違いすぎる。サブマシンガンと、何よりスナイパーライフルが気になる。奇襲をかけても、あっさり返り撃ちにあう。今、俺たちはこのアジトを動くわけにはいかないんだ」

「くそっ！」

真田は毒づいた。「どうしようもないのか！」

「落ち着け。あせると負けだ」

さらに、時が流れた。

ふと真田は顔を上げた。

「爆音だ……」

ザミルがぱっと反応した。

「爆音？　ハリアーがやって来たのか！」

さらに真田は耳を澄ました。

「いや、あれはヘリコプターの音だ」

ザミルもそれに気づいた。

ヘリコプターの爆音はどんどん近づいてきた。

舎念の庵のまえの広場を、さっと照明が通り過ぎた。ヘリコプターが機首を巡らせて地形を確認しているのだ。

真田は、出入口の隙間から、ザミルとシモンは、明かり取りから、広場の様子を見つめていた。

「降りて来るぞ！」

真田が言った。

三人は、XM177を構えて待ち受けた。

ローターがすさまじい風を巻き起こして、木々がなびいた。

戸の隙間や明かり取りからも風が吹き込んだ。

ヘリコプターは小型のOH－6Dだった。暗闇のなかで、機体は暗緑色に見えた。

真田はそれが陸上自衛隊のヘリコプターだと知って驚いた。

「ザミル、あれは自衛隊のヘリだ」

「君はまたタクシーを呼んだのか？」

「いや、俺はどこにもそんなことは頼んでいないし、今の俺にはその権限もない」

真田は、ドアが開いて現われた人物の顔を見てさらに仰天した。

「早乙女さん！」

早乙女とパイロットがヘリコプターから降りると同時に、林のなかからサブマシンガンの咆哮《ほうこう》が聞こえた。

数ヵ所から同時に撃っている。

早乙女たちはその場に伏せなければならなかった。

「いかん。援護しよう」

真田は、戸を開けて一歩踏み出し、XM177をフルオートで掃射《そうしゃ》した。

相手は真田めがけて撃ってきた。

ザミルとシモンが援護に加わった。

彼らは戸口から飛び出し、地面に伏せて周囲の林に銃弾をばらまいた。

九ミリのピストル用カートリッジを用いるサブマシンガンと、ライフル用のカートリッジを用いるXM177アサルトカービンでは、貫通力も射程も違う。

一瞬だが、真田たちが優位に立ったように見えた。

「今だ!」

真田が叫んだ。

早乙女とパイロットは、身を低くしたまま駆けてきた。

そのとき不気味な音がした。早乙女は足をもつれさせて、膝をつきそうになった。

何とかこらえて、戸口に駆け込んできた。

パイロットが続く。

早乙女が転びそうになった理由がわかった。強力なエネルギーを持つ弾丸が、こめかみのあたりをかすったのだ。

一瞬、気を失いそうになったのだろう。こめかみには、傷口が開いている。

ＭＳＧ90で狙撃されたに違いなかった。

ザミルは、ひとしきり撃ちまくり、マガジンを空にしてから戸を閉めた。

敵の銃撃もすぐに止んだ。

パイロットは小型トランクほどの荷をかかえて、土間にすわり込んでいた。危険な照明設備なしの夜間着陸を終えたとたん、銃撃戦に巻き込まれたのだ。肝をつぶさないほうがおかしい。

早乙女はこめかみの傷口をハンカチでおさえていた。傷は浅かった。銃弾の衝撃波が問題だった。

あたりが静かになると、真田は初めて舌がからからに乾くような緊張感を意識した。おそらく自分は真っ蒼な顔をしているだろうと思った。

ザミルが真田を物問いたげな顔で見ていた。真田はそれに気づき、早乙女に言った。

「どういうことです？　いったいどうしてここへ……」

「君は中央指揮所の小島という男に電話をした」

早乙女は言った。「ハリアーが日本の領土に侵入しているという情報を提供しただろう。記録を確認すると、確かに何者かによるレーダーサイトへの電波妨害《ジャミング》と思われる形跡があった」

「俺が聞きたいのは、どうしてあなたがここへやって来なければならなかったのかということです」

「短気なのは君の悪い癖だ。私と再会したのが不愉快なような言いかたも気に入らない。要するに、防衛庁は本気になり、首相も事態の重大さを認めた。一時的に『緊急措置令』を復活させたわけだ。だが、それを知らせようにも君はつかまらない。しかたがないのでこうして乗り込んできたというわけだ」

「『緊急措置令』が復活？」

真田が言った。

「そう。指令コード『アブラハムの息子たち』はまだ生きている」

「『アブラハムの息子たち』？」

ザミルが言った。早乙女はザミルを見た。

「久しぶりだね、ヨセレ・ザミル」

「ザミル、気にするなよ」

真田が言った。「この人は指令コードをその日の気分と趣味で決めてるんだ。深い意味があるわけじゃない」

「心外だな」

早乙女はつぶやいてから、あらためて、芳賀舎念とその家族に挨拶した。

その間、ヘリコプターのパイロットは、荷を開いていた。

「何ですか？」

真田は早乙女に尋ねた。

「無線機とバッテリーだよ。航空自衛隊から借りてきた。戦闘機は陸上自衛隊と違って二百メガヘルツ以上の極超短波を使う。変調形式もたいていはA3だ。陸自はたいていは、FMかシングル・サイド・バンドを使っているからな……」

「戦闘機がどうしたんですって？」

「宮崎の新田原《にゅうたばる》の第五航空団だ。第二〇二飛行隊のF15Jイーグルが、交替でCAPについてくれている。その機と周波数を合わせてある」

CAPというのは警戒飛行のことだ。

スクランブル発進では間に合わないような場合、増槽をつけて航続距離をのばした戦闘機を、上空一万メートルほどで待機させておくのだ。

「ブラボー」

ザミルが信じられない、といったような顔でつぶやいた。「負ける気がしなくなってきたぞ」

早乙女がザミルに言った。

「いつでも希望を持っているべきだ」

恵理が清潔な布を持って早乙女に近づいた。

「傷を見せてください」

「ああ……。済まんね……」

早乙女がハンカチを離した。恵理は傷に布をあてがい、その上からてのひらを当てた。

彼女の眼がうるみ、熱を帯びたように頰が上気し始める。

早乙女は眉をひそめた。

恵理が手を離すと、血は止まり、傷口もふさがっていた。

「話には聞いていたが……」

早乙女は恵理を見つめ、それから真田を見て言った。「なるほど体験してみないと実際のすごさはわからんものだな」

夢妙斎は立派なシイの木の太い枝にすわり、常に四方に目を配っていた。

安藤が近づいて来るのが見えた。度《ど》を失っているように見える。

夢妙斎は舌を鳴らして、H&K・MSG90をスリングで肩にかつぎ、木を降りた。

安藤は下生えに足を取られ、灌木の枝で顔をひっかかれながらのろのろと近づいて来る。

里の人間など、どんなに鍛えようとこんなものだ――夢妙斎は心のなかでつぶやいた。

彼は小声で言った。

「こっちだ」

安藤はびくりと立ち止まり、そしてすぐに安堵して力を抜いた。彼は夢妙斎の声を頼りに近づいて来た。

「何ごとだ」

夢妙斎が尋ねた。

「あのヘリコプターは陸上自衛隊のものです」

「わかっている。だからどうしたというんだ」

「以前、ハリアーによる作戦が失敗したのは、予想より自衛隊がはるかに早く対処したからです。今回も、すでにここにヘリコプターが現われている。これは悪い兆候です」

夢妙斎は怒りを感じた。

「だから尻尾を巻いて逃げ出せとでも言うのか！」

「態勢を立て直すべきではないかと思うのですが」

「それはできない。いいか。明日の夜にはハリアーがやって来る。あのウルブリヒトというパイロットは筋金入りの軍人だ。一目でわかる。一度失敗したら、二度とは繰り返さないタイプの男だ。彼を信頼しろ。それに、私が持っているトランシーバーでは、ハリアーがよほど近づいて来ないと連絡が取れないのだ」

夢妙斎はきっぱりと言った。「作戦に変更はない」

安藤はやや間を置いてからこたえた。

「わかりました」

「持ち場に戻れ」

「はい」

彼が行きかけたとき、夢妙斎が呼び止めた。

安藤が振り向いた。夢妙斎は尋ねた。

「最初に撃ち始めたのは誰かわかっているか？」

「いいえ」

「明日の昼間にでも調べておけ」

安藤は嫌な気分になった。夢妙斎が罰を加えるものと思ったのだ。

その気持ちを読んだかのように夢妙斎は言った。

「しぼり上げるつもりかと心配しているようだな」

夢妙斎は笑顔を見せたが、安藤には暗すぎてそれが見えなかった。「逆だよ。いい判断だった。銃は飾るためにあるんじゃない。敵を撃つためにあるんだ」

「はい。明日の昼までに探しておきます」

「士気を高めるためにも、功労者にはどんどんほうびをやらんとな。さ、行け」

19

真田は無線機から伸びるマイクのトークボタンを押して言った。

「CAPの二〇二飛行隊のイーグルへ。こちら三瓶山中の移動局。聞こえるか」

すぐさま応答があった。

「三瓶山。こちら二〇二飛行隊、CAPのイーグルです」

「『緊急措置令』を確認しているか？」

「確認しています。指令コードをどうぞ」

「『アブラハムの息子たち』」

「指令コード、確認しました。ただ今から二〇二飛行隊は、貴官の指揮下に入ります」

真田は思った。この手続きをするのも、おそらくこれが最後だろう、と。

「現在の高度は？」

「一万一千メートル。落下タンクを切り落とす必要があるため、出雲・日御碕《ひのみさき》沖上空を旋回中」

「了解。ハリアーはいつ現われるかわからん。しっかり眼を光らせてくれ」

「わかりました。今後、われわれを呼び出すときはハニワ1およびハニワ2というコールサインを使ってください。以上」

「三瓶山、了解」

そう言ってから真田はしばし考え、そして思い出した。

二〇二飛行隊のイーグルの尾翼には、なぜか埴輪《はにわ》のマークが描かれている。

緊張のなかで夜が明け、時間が過ぎ、また日が暮れた。

真田たちは順番に休息を取った。眠ろうとしたが眠れた時間はごくわずかだった。

誰もがそうだった。

夢妙斎の陣営も似たようなものだった。

芳賀舎念の庵の周辺は一種異様な静けさに包まれていた。

雨が上がり、グラウンドの滑走路の具合もまずまずだった。

ウルブリヒトは日が沈むと、ひとりでハリアーIIを囲っているカムフラージュを取り去った。

思ったより体力と時間を使った。

それからコクピットに這い上がり、キャノピーを閉めた。エンジンに火を入れると、マニュアルに従って計器やさまざまな装置のチェックを行なった。

タキシングをして、ハリアーIIを滑走路の端へ持ってくる。標識灯もない、粗末な滑走路。そこから飛び立つのがハリアーという機種の運命だ。

ウルブリヒトは一気に推力を上げた。あっという間にハリアーGR・Mk5は夜空に舞い上がっていた。

「飛んだ……」

芳賀舎念がつぶやくように言った。

恵理がうなずいた。

真田は、ふたりのその様子を見て、すぐさま無線機のマイクに手を伸ばした。トークボタンを押す。

「ハニワ1、ハニワ1。こちら三瓶山。ハリアーが飛び立った。繰り返す。ハリアーが飛び立った」

「了解。しかし、どうしてそれを……。いったいどんなレーダーを持っているんですか？」

「それは聞かんでくれ。前回の例を見てもわかるとおり、ハリアーは山並を縫って、超低空で近づいて来る。レーダーサイトはおそらく役に立たない。ということは、バッジシステムもあてにならないということだ」

「心得てます。われわれは、上空からパルスドップラーレーダーで眼を光らせています」

「たのむぞ」

そのとき、別の声が割り込んできた。

「ハニワ1、および三瓶山へ。こちらハニワ2。レーダーで機影を確認。東から来ます。距離二百五十キロ」

「オーケー、ハニワ2。こちらも確認した。落下タンクを切り落とせ。迎撃に向かう」

ハニワ1が言った。「続け」

通信を聞いていたザミルが言った。

「夜間に攻撃を仕掛けてくるとは……。よほど自信のあるパイロットのようだ……」

真田はうなずいた。

「前回、昼間にやって来て失敗しているからな……」

「もしかしたら、赤外線前方監視装置と夜間視覚《ナイトビジョン》システムを持っているのかもしれない。ハリアーIIには、そうした装備を持ったナイトアタック専用機があると聞いたことがある」

「だとしたら面倒なことにならないかな」

F15Jイーグル同士の通信が聞こえてきた。

「ハニワ2、ハリアーを視認できるか？」

「だめです。おそらく夜間迷彩なのでしょう。地形にそって飛ぶほどに低空飛行をしている。レーダーで追っかけるのがやっとです」

「よし高度を下げる。俺の左翼側についてきてくれ」

「注意してください、数秒後にすれ違います」

ウルブリヒトは出迎えをはっきりと視認していた。

夜間視覚《ナイトビジョン》ゴーグルで、二機のイーグルが空にくっきりと見えている。

「残念だが勝負にならんな……」

　ウルブリヒトはほほえんでつぶやいた。その直後、ハリアーⅡは、二機のイーグルの腹の下を通過していた。


「くそっ」

　ハニワ２が叫んだ。「今、下を通って行きました」

「ハリアーはレーダーを持っていない。おそらく俺たちが見えているんだ」

　ハニワ１は、言うよりも早く反転していた。ハニワ２もそれに続く。

　二機のＦ15Ｊイーグルは、ハリアーの尾方についた。

「パルスドップラーレーダー、ミサイル誘導モードに」

　ハニワ１が言った。ハニワ２がすぐさま復誦した。

「海へ追い出せ。ロックオンしたらすぐにスパローを発射しろ。ハリアーは、電波誘導ミサイルを持っていないはずだ。こちらのほうが兵力は上だ」

「了解」

　ハリアーは高度を上げようとしなかった。

　イーグルのハニワ２が、ハリアーⅡを追い越し、一度上昇した。急降下して、機銃を撃った。

ハリアーⅡは、バンクし、さらにきりもみ飛行をして銃弾を避けた。そのために、高度を上げなければならなかった。

低空飛行でのアクロバットは即墜落を意味する。

上昇したとたんにウルブリヒトは、マルコニ・レーダー警戒受信機がブザーを鳴らすのを聞いた。

ハニワ1が、レーダーにロックオンしようとしているのだ。

ウルブリヒトは、頭を巡らせてハニワ1を視認しようとした。

どちらにしろ、まだドッグファイトには高度が低すぎた。最低でも五千メートルまで上がりたい。

ウルブリヒトは操縦桿を引き、さらに推力を上げた。

ハリアーは急上昇した。しかし、パワーではF15Jのほうがはるかに勝っている。

F15Jはれっきとした要撃戦闘機なのだ。

一方、ハリアーは、正確に言うと戦闘機ではない。近接支援機なのだ。つまり、地上軍を支援するための航空機で、そのためにすぐれた地上攻撃能力を持っている。

ハニワ1は、ハリアーⅡにぴたりとついて上昇した。まだパワーに余力を残しているように見える。

突如、ハリアーIIの左翼側にハニワ2が出現した。雲をつきぬけた瞬間だった。

「やるな……」

ウルブリヒトはつぶやいて、わずかに操縦桿を倒した。ハリアーIIは、見事に反応してなめらかにバンクした。

ハニワ2がそれを追う。今度はハニワ2がレーダー波でハリアーIIを捉えようとしていた。

断続的なブザーが鳴る。

ウルブリヒトはサーカスを披露することにした。エンジンの噴出口の角度をわずかに変えたのだ。

ハリアーは、すとんと真下に落ちるように見えた。

ハニワ2は、そのすぐ上を通過していった。

とたんに、マルコニのレーダー警戒受信機がけたたましい連続音を発した。

「ロックオン。つかまえたぞ」

ハニワ1が言った。彼は、ハニワ2とハリアーの動きを見ながらチャンスを待ちかまえていたのだった。

「つかまえた。スパローをぶち込めばそれで終わりだ」

真田がつぶやいた。

「いかん……」

いつになく芳賀舎念が度を失った声で言った。

全員がいっせいにそちらを向いた。

舎念は身を乗り出すようにして真田に訴えた。

「彼は味方だ。今、気づいたのだ」

真田は迷わなかった。即座にマイクに向かって言った。

「ハニワ1、こちら三瓶山。攻撃を中止しろ、繰り返す。攻撃を中止しろ。ミサイルは撃つな」

「三瓶山、こちらハニワ1。いったいどういうことです？」

「誤解があった。そのハリアーは味方機だ」

「味方機？」

「そうだ。すみやかに攻撃を中止してくれ」

「ハニワ2、聞いたか？」

「こちらハニワ2。了解」

「三瓶山。こちらハニワ1。正直言って、スパローを撃つのをためらっていたのです。ミサイルを発射せずに済んでほっとしていますよ」

「二〇二飛行隊のCAP任務を解除する」

真田は言った。「ねぐらへ帰って休んでくれ」

「了解。ハニワ1、ハニワ2、帰投します」

真田はマイクを置いて、芳賀舎念のほうを向いた。

「味方というのは本当でしょうね？　でなければ、私はとんでもないことをしたことになります」

舎念はうなずいて言った。いつもの落ち着きを取り戻していた。

「間違いありません。ずっと考えていたのです。なぜハリアーのイメージから威圧感や恐怖を感じなかったのか……」

「私にもわかるわ……」

恵理が言った。「今近づいて来るパイロットは、このあいだ自分の機を犠牲にしてフェリーを救った立派なパイロットよ」

真田とザミルは恵理を見た。

ザミルが言った。

「あのときのパイロットなのか……」

「こちらウルブリヒト。夢妙斎、聞こえるか？」

トランシーバーから声が聞こえた。ドイツ語だった。夢妙斎は即座に返事をした。

「聞こえています。ヘル・ウルブリヒト」

「途中で手間取って多少遅れるが、あと五分でそこに着く」

「五分ですね」

「連中を釘づけにするために、銃撃を始めていてくれ」

「わかりました」

夢妙斎は、まず自分のH&K・MSG90をコッキングすると、指笛を二回吹いた。

射撃開始の合図だった。

とたんに、ほうぼうから、フルオートの発射音が轟《とどろ》き始めた。

「始まりやがった」

真田がつぶやいて、明かり取りの脇に身を寄せた。

ザミルとシモンも同様にした。

真田は腰に差していたSIG・P226を早乙女に放った。

早乙女は言った。

「こういうものはあまり扱ったことがないんだがな」

「手動安全装置はありません。引き金をしぼるだけです。当たらなくともいい。とにかく撃ち返してください」

ザミルは谷側の窓から庵を抜け出し、屋根に登った。屋根に腹這いになり、敵の銃口でまたたく炎を狙う。

フルオートではなく、三発ずつのバーストショットで撃った。

敵の悲鳴が聞こえた。

ザミルは同じような要領で撃ち返していた。すぐ脇を強力な弾丸が過ぎていき、思わずザミルは頭をおさえて、顔を屋根に押しつけた。

ザミルはつぶやいた。

「MSG90か。やっかいだな……」

真田とシモンも、とにかく相手の銃口の炎を目がけて撃ち返していた。

敵は移動しながら撃っている。

あるとき、鈍い音がして、悲鳴が上がった。

「やったぞ」

真田はシモンのほうを向いた。「誰かがブービートラップにひっかかった」

シモンは言葉はわからなかったが、真田の言いたいことは理解した。

敵はブービートラップでひとりやられたとたんに動きが鈍くなった。

その代わりに、ピストル、サブマシンガン、マシンピストルと、総動員で撃ってきた。量的には夢妙斎側が勝《まさ》っている。

加えて、彼らはハリアーが来るまで時間稼ぎをすればいいと割り切ることができるので思う存分弾を使えた。

生き残ろうとするほうが立場は悪い。

ジェット機の爆音が聞こえてきた。それは急速に近づき、銃撃戦の音をかすませた。

夢妙斎は、その瞬間に勝利を確信した。

ハリアーIIが山林すれすれに一度飛び去り、再び旋回してきた。

夢妙斎は轟音のなかで叫び声を上げていた。

「撃て、撃て！　勝利は目前だ。選ばれた人類としての栄光がすぐそこにある」

ハリアーが上空から旋回してきて、地上攻撃のアプローチに入った。

ウルブリヒトは、一度地形を確認した。

彼はすでに見極め、決断していた。理はどちらにあり、何が正義で、自分はどちらにつくべきか――。

彼は、コンピューター制御された慣性航法・攻撃システムに、舎念の小屋ではなく、その周辺の森林をインプットしていた。

ウルブリヒトが夢妙斎に銃撃戦を命じたのは、舎念たちを足止めさせるためなどではなく、夢妙斎の軍団の所在を明らかにさせるためだった。

ハリアーIIのレーザー目標捜索・追跡装置が働いた。

ハリアーIIは、コンピューターに従って、自動的にロケット弾や二十五ミリ機関砲を、林に向かって発射し始めた。

たちまち、林のあちらこちらで爆発が起こった。

たった一度の攻撃で、夢妙斎の側はひどい打撃を受けていた。

林の木々は倒れ、巨大な穴が口をあけていた。煙が立ち込め、目や喉を刺激した。

ひどく焦げ臭いにおいが立ち込めている。

ザミルが怒鳴っているのを真田は聞いた。

「とどめだ、真田。グレネードランチャーだ。榴弾をありったけ撃ち込め」

真田は言われるままに、戸口から飛び出し、四方に榴弾を飛ばした。四十ミリ榴弾が次々に爆発し、再び、あたりはすさまじい轟音につつまれた。

爆発が鎮《しず》まってから、ザミル、真田、シモンは、XM177を構え、林にパトロールに出かけた。彼らが仕掛けたトラップは爆撃ですべて吹き飛んでいた。

いたるところに人が——あるいは人だったものが倒れていた。

ザミルとシモンは無造作にそれを、靴の先で裏返していく。戦場での当然の確認行為なのだが、真田にはひどく非情に見える。

真田は、そっとふたりのそばを離れた。

そのとき目のまえの灌木から、何かすさまじい形相のものがゆらりと姿を現わした。

頭から血を流している夢妙斎だった。

銃は持っていなかった。爆撃で吹き飛ばされ、木から落ちたのだ。そのときに銃も失っていた。

夢妙斎は取り乱しながら言った。

「なぜだ……。なぜなんだ」

彼はそう言いながら、戦おうとしていた。

真田は愚行だと知りつつも、XM177を地面に置いて夢妙斎と対峙《たいじ》した。

「真田武男……。俺はきさまを許さん」

夢妙斎は間《ま》を詰めてきた。開いた手をゆっくりと顔の両側にかかげていく。

彼は頭にけがをしているらしく、顔面が血のりでぬれていた。

夢妙斎と向かい合ったとたん、真田の頭のなかは妙に冴《さ》えわたった。怒りもなければ憎しみもない。恐れもない。

夢妙斎の『山の民』の拳法の腕は知っていた。彼は武術に関しては間違いなく天才だ。真田も『山の民』の拳法を芳賀舎念から伝授されてはいるが、夢妙斎には遠く力がおよばないことはよくわかっていた。

だが、真田は落ち着いていた。すでに、そこが山のなかであることすら忘れ去っていた。

勝負は一撃で決まるはずだ――真田はそう考えていた。少なくとも一瞬で決まる。技を極めた者同士の戦いは自然とそうなる。

夢妙斎はさらに間を詰めてきた。間合いが空手などより近いのが『山の民』の拳法の特徴のひとつだ。

真田は退《さ》がらなかった。大地に根を張ったようにしっかりと足を踏みしめている。

夢妙斎はさらに近づくふりをして、さっと背を向け地面に伏せるような形を取った。

そのまま、後方に蹴り出す。『転び蹴り』という技の一種だ。膝を狙う奇襲技だった。膝を折られたら、二度ともとどおりにはならない。もちろん、その痛みに耐えられる者もまずいない。

夢妙斎の『転び蹴り』は申し分なかった。しかし、真田は奇襲を見切っていた。

真田は、夢妙斎が身を投げ出すと同時に、あおるように足を上げて飛び込んだ。

夢妙斎は技が不発に終わったと知り、そのまま立ち上がった。そこに真田がいた。

真田は全身を激しくうねらせ、夢妙斎の顔面めがけて『打ち』を放った。てのひらで、全身のばねによって増幅された『勁《けい》』が爆発する。

その衝撃は、夢妙斎の頭蓋骨を通り抜け、脳を破壊した。

夢妙斎は声も上げず息絶え、その場に崩れ落ちた。

真田はしばらく立ち尽くしていたが、悲しげにつぶやいた。

「奇襲だと？　策に溺《おぼ》れたな……」

ザミルとシモンが、銃を構えて近づいて来るのが見えた。

舎念の小屋に戻ると、早乙女とヘリコプターのパイロットが無線機をしきりにいじっていた。

20

「どこかの自衛隊基地と連絡を取ろうと思ってな……」

早乙女は真田の姿を見ると言った。パイロットは、さまざまに周波数を動かしているようだった。

真田は舎念の視線に気づいた。舎念は、真田が何をしてきたか知っているようだった。真田は眼をそらさずにはいられなかった。

早乙女が無線で小松基地をつかまえた。第六航空団だ。

一連のやりとりのあと、早乙女は言った。

「たまげたな。ハリアーはどこへ行ったかと思ったら、堂々と小松基地に着陸していた」

芳賀舎念がハリアーIIのパイロットに会いたいと言った。異をとなえる者はいなかった。ヘリコプターが小松基地まで飛ぶことになったが、OH-6Dにはパイロットを含めて四人しか乗れない。

真田とザミル、舎念がヘリコプターで小松に向かうことになった。

早乙女はイスラエル大使館の車を運転し、シモンとともに東京へ戻ることにした。

芳賀邦也と良子も、舎念の庵に残るわけにはいかなくなった。その周辺は爆撃の現場であり、死体が転がっているのだ。

彼らは、親子三人で米子へ行き、ホテルに泊まって舎念の帰りを待つことにした。

明るくなって外の様子を見た早乙女はつぶやいた。

「やれやれ、後片付けが大変だ。これまでで最悪だ」

「始末できるのですか？」

真田が尋ねた。

「やらねばなるまい。まあ、これが最後だと思えば気も楽だ」

小松の第六航空団ではウルブリヒトをどう扱っていいものか苦慮していた。

真田は到着するとすぐに『緊急措置令』に基づく手続きを踏み、ハリアーⅡのパイロットは、自分の責任の領分であることを告げた。

小松基地の連中は明らかに安堵《あんど》したように見えた。

舎念、ザミル、そして真田はウルブリヒトと初めて対面した。

真田は人ばらいをした。ザミルがドイツ語で通訳を始めた。

四人は互いに名乗った。

真田が言った。

「君は『新人類委員会』からやって来たのだね？」

ザミルがドイツ語でそれを伝えるとウルブリヒトはうなずいた。

「私は、そこにいる老人とその一族を殺せと命令されてやって来た」

「だがそうしなかった。なぜだ？」

「私は信ずるべきものは自分で選ぶ。自分の人生を他人に捧げてしまうほど愚かではないつもりだ」

真田はそれ以上追及する気はなくなった。

代わって舎念が尋ねた。

「君はルドルフ・ヘスに会ったことがあるのだね？」

「もちろん。かつては、彼に会うことに感激したこともあった。だが、今は……」

舎念はうなずき言った。

「私は彼に会わねばならない。会って、彼の間違いを正さねばならないのだ」

真田とザミルが舎念の顔を見た。ザミルは、思い出したように通訳を続けた。

舎念が尋ねた。「ルドルフ・ヘスがどこにいるのかを教えてくれないかね?」

「断わる理由はないな。だが、これだけは言っておく。ヘスは、話し合って自分の過ちを認めるような人間ではない」

「もしそうでも、会わねばならない」

ウルブリヒトはかぶりを振った。そして、しばし何ごとか考えてから、ベルリンのある住所を言った。

ザミルがすかさずメモを取った。

今度はウルブリヒトのほうから真田に尋ねた。

「この私はこれからいったいどうなるのだ?」

「どうしたい?」

「ハリアーⅡに燃料を補給してほしいな。そうすれば、君たちの手をわずらわせることなく、すみやかに立ち去る。太平洋に船がいて、私の帰りを待っている」

「だが、君は裏切り者だ」

ウルブリヒトは自信に満ちた笑いを浮かべた。

「何とかするさ。それは私の問題だ」

真田はうなずいた。

「君は、われわれをテロから救ってくれた。君の要求を受け入れよう」

ワルター・ホフマンは、人生で最悪のときを迎えているのではないかと思った。西ドイツの捜査当局は、ネオナチをはじめとする極右組織の監視をますます強めてきた。

実際に『新人類委員会』の下部組織に関わる実動部隊の何人かがしつこい尾行にあっていた。

西ドイツ捜査当局に対処するだけでも頭が痛いのに、数日前には、『ペロポネソス』に戻ったウルブリヒトから、またしても芳賀一族抹殺に失敗したという知らせが入っていた。

ルドルフ・ヘスは、毎日のようにそのことをホフマンに尋ねた。ホフマンはそのたびに言い訳を考えなければならなかった。

どうしても本当のことを報告する気になれなかったのだ。

そして、ついさきほど、『ペロポネソス』から、突然ウルブリヒトが乗ったハリアーGR・Mk5が飛び立ち、行方をくらましたという知らせを聞いたのだった。

今、ホフマンはヘスの部屋へ向かう途中だった。

足が重かった。ホフマンは、今日こそは本当のことを話さねばなるまいと考えていた。

階段を昇っていた彼は、ふと階下が騒がしいのに気づいた。

様子を見に行こうとしたワルター・ホフマンは、目のまえに突然ふたりの日本人とまた、ふたりの白人が現われるのを見た。

ふたりの白人はリボルバーを手にしていた。ホフマンはその片方に見覚えがあった。モサドのヨセレ・ザミルだ。

ホフマンは、はっとふたりの日本人を見た。ひとりは老人だ。間違いなくその老人は、芳賀舎念だった。

「誰か！」

ホフマンは叫んだ。

「無駄だ」

ヨセレ・ザミルが言った。「階下にはGSG9がやって来て、君たちの武装を徹底的に解除している」

ホフマンは無言だった。ザミルは銃を向けたまま言った。

「さ、おまえも来るんだ」

ホフマンは、今、すべての希望が閉ざされたのを知った。彼はザミルの言葉に従うしかなかった。

ザミルはとなりにいたシモンに言った。

「連れて行け」

シモンはホフマンを階下へ連れて行った。

真田、芳賀舎念、ザミルの三人は階段を昇り、ヘスの部屋のまえに来た。

ザミルはノックをせずにドアを開けた。

豪華なベッドに顔色の悪いルドルフ・ヘスが寝ていた。

ヘスは目を閉じたままつぶやくように言った。

「ホフマンか?」

誰も返事をしなかった。真田は、今、本物のルドルフ・ヘスをまえに、感動に近いものさえ感じていた。

おかしな気配を悟ってか、ルドルフ・ヘスが目を開けた。彼は、目のまえの光景がどういう意味なのか理解しかねているようだった。

しばらく経《た》ってヘスは言った。

「私は夢を見ているのか……」

ザミルは静かにドアを閉めた。

「夢ではないのだ、ルドルフ・ヘス」

ザミルがドイツ語で言った。「私のことは多分覚えていると思うが……。私はヨセレ・ザミルというイスラエル政府の職員だ。こちらが日本で『新人類委員会』と戦い続けた真田武男。そして、こちらが芳賀舎念だ」

ルドルフ・ヘスは苦労して身を起こした。

「芳賀舎念……」

ヘスは、作戦の失敗を最悪の形で知ることになった。

ヘスはひどい衝撃を受けた。その衝撃は、すぐに彼の体調に影響をおよぼした。

彼は息を切らしながら言った。

「もちろん、おまえたちのことは知っている。いったい何をしにここへやって来た。私を殺すつもりか？」

ザミルが通訳をした。

芳賀舎念がかぶりを振って言った。

「一言いいたくてやって来たのだ、ルドルフ・ヘス」

「何が言いたかったというのだ？」

「神は誰も選びはしないということをだ」

「神が選ばない？」

「そう。特定の人種や民族を選びはしないということだ。選ぼうとするのは人類自身でしかない。それこそ、神の御心《みこころ》に反する行為だ」

「妙なことを言う。おまえたちに何がわかるというのだ？」

「少なくとも、あなたがやってきたことが大きな過ちであったことだけはわかる。でなければ、私たちは今ここにいないだろう」

ルドルフ・ヘスは口を真一文字に結んだ。すると一瞬だが若い日のルドルフ・ヘスの面影が戻った。

「聖書の預言は必ず実現される」

「そうかもしれない。だが、それを都合よく解釈するのは間違いのもとだ。いいかね？　ヘス。神はあなたたちを選びはしないし、私たちを選びもしない。人類の運命は人類が決めるのだ」

「そうだ。われわれが人類だ」

ヘスの顔にさっと朱がさした。「われわれ『新人類委員会』が人類を代表して決めるのだ」

舎念は首を横に振った。

「もう一度言う。神は選ばない。人類の運命は、一民族ではなく人類全体が決めるのだ」

舎念は、それ以上何も言うことはないのか、黙っていた。

ヘスも反論を試みようとはしなかった。

しばらく誰も口をきかずにいた。

ドアが激しく叩かれ、さっと開いた。

黒いGSG9の制服を着た男たちがヘッケラー&コッホのサブマシンガンを手に三人現われた。

対テロのスペシャリストたちは、その部屋の特別な雰囲気を感じ取ったようだった。

三人のGSG9隊員は、その場でぴたりと立ち止まっていた。

芳賀舎念が、真田とザミルに言った。

「用は終わった。行こう」

三人は部屋をあとにした。

21

ある日、ベルリンの病院の一室で九十六歳の老人がひっそりと息を引き取った。

彼の本名はルドルフ・ヘスといったが、その事実は一切発表されなかった。

GSG9を中心とする西ドイツ当局は、『新人類委員会』の実動部隊と、『ラスト・バタリオン』候補者たちを、クーデター未遂の容疑で徹底的に検挙した。

多国籍企業のフェニクサンダー・コーポレーションでは、いまだかつてなかったほど大がかりな人事の刷新《さっしん》が行なわれた。

フェニクサンダー財団の代表も交替した。

それ以来、『新人類委員会』の名は永遠に消え去ることになった。

芳賀一族は『掃除』の済んだ三瓶山に戻っていた。

舎念の小屋は、今までより大きく立派なものに変わりつつあった。

邦也と真田がせっせと増築作業を続けていたのだ。

木を切り出している真田に、恵理が木の枝の上から話しかけた。

「いつまであたしたちといっしょにいてくれるの？」

「さあな……。『山の民』のグループが現われたら彼らと山をさすらうのもいいかもしれない」

「ずっといっしょにいたら？」

「そうはいかない。俺だって嫁もほしいし、子供もほしい」

「あら。芳賀家にも立派な娘がいるのよ」

真田は笑い飛ばそうと、恵理を見上げた。意外なほど恵理が真剣な顔をしていたので、真田は笑いをひっこめた。

彼は戸惑い、恵理を見つめた。

真田は言った。

「そういう問題は、きっと男のほうから言い出すべきなのだろうな」

恵理は、ほほえんだ。

ふと彼女は顔を上げた。遠くを見るような眼をする。

「どうした？」

真田が尋ねた。

恵理が飛び降りてきた。真田は彼女を抱きとめた。

恵理が言った。

「ザミルさんが来るわ」

「ザミルが？」

「おじいさまのところへ行きましょう」

恵理は真田の腕のなかからするりと抜け出して林のなかを走り始めた。

真田もそのあとを追った。

広場に行くと、芳賀舎念と邦也、良子が立っていた。彼らは、山道のほうを見ている。

恵理が舎念のとなりへ走って行った。

山道を登って来る一団の人々が見えた。

ザミルが先頭に立っていた。そのうしろがウリ・シモンだった。彼らはイスラエルの調査団だった。

今、南ユダ王国の子孫と、北イスラエル王国——つまり『失われた十支族』の子孫が出会おうとしていた。

これが世界の歴史に残る瞬間なのか、それとも、過ぎ去っていく日常の一ページでしかないのか、それこそ「神のみぞ知る」だと真田は思った。

（完）

解説——決着の時、決断の時

村上貴史

■奔流

それにしても、なんという勢いだろう。

今野敏である。

例えば二〇一〇年に入ってからも、五月の時点で、TVドラマ「ハンチョウ」として昨今は有名な東京湾臨海署安積《あづみ》班シリーズの新作『夕暴雨《ゆうばくう》』や、警視庁の隠密バイク部隊《TOKAGE《トカゲ》》の活躍を描くシリーズ第二弾『天網《てんもう》』、さらに、吉川英治文学新人賞を獲得した『隠蔽捜査』のシリーズに連なる短篇集『初陣　隠蔽捜査3.5』といった新作を世に送り出している。それに加えて、だ。旧作が続々と文庫化されているのである。この《特殊防諜班》シリーズもそうだし、《聖拳伝説》や《奏者水滸伝》、《闘神伝説》といったシリーズもそう。『龍の哭《な》く街』や、その他のシリーズ作品も次々と刊行されている。新旧取り混ぜて月平均三点を超えるペースで今野敏の新しい本が書店に並ぶという状態なのだ。

そもそも今野敏は数多くの作品を書く作家であった。デビュー後、親戚である石ノ森章太郎に〝量を書かなければ質は得られない〟という言葉をかけられた今野敏は、その後、この言葉を座右の銘として作品に取り組んできたという。それ故に作品点数はただでさえ多い。そこに昨今は旧作の文庫化がすさまじい勢いで加わってきているのである。

これもやはり賞の効果か。

上智大学在学中の一九七八年に「怪物が街にやってくる」で第四回問題小説新人賞を受賞し、八二年に『ジャズ水滸伝』で初めての単行本を世に送り出した今野敏だが、いわゆる文学賞を獲得するまでには、長い年月を必要とした。新人賞受賞を起点とすると二八年後となる二〇〇六年、ようやく『隠蔽捜査』で第二七回吉川英治文学新人賞を獲得するのである。さらに、〇八年には『果断　隠蔽捜査2』で第二一回山本周五郎賞と第六一回日本推理作家協会賞（長編及び連作短編集部門）を獲得。こうした受賞と並行して、旧作の文庫化が活発になってきたのである。

だが、その文庫化の活性化は、決して一過性のものであったり、特定の一社の注力によるものではなかった。日本の出版社が総力を挙げて今野敏の作品の文庫化に取り組む——そういってもいいほど多くの出版社が多くの作品を文庫化し始めたのだ。

結局のところ、今野敏の小説が面白いからである。活き活きとした個性的なキャラクターたち、スピーディーな展開、読みやすい長さ、適切なリアリティ。エンターテインメント小説の見本と呼ぶべき魅力が、今野敏の作品群には備わっているのである。しかも警察小説から格闘小説、さらにはSFなど、バラエティにも富んでいる。それこそ、今野敏の小説だけ読んでいても、日々を愉《たの》しく過ごせるのである。

そんな今野敏が一九八六年に書き始めたのが、この《特殊防諜班》シリーズである。本書はその第七弾。一九九〇年に天山ノベルスとして刊行された『千年王国の聖《メ》戦士《シア》』を文庫化したものである。

■最終特命

山のなかで誰の子とも判らぬ赤子として発見され、養護施設で育った真田《さなだ》武男《たけお》。頭脳明晰にして抜群の体力を誇る彼は、高校卒業後の道として選んだ自衛隊でもその能力を高く評価された。だが、彼には大きな欠点があった。組織に全く馴染もうとしないのだ。そんな彼に目をつけた陸幕第二部別室の早乙女《さおとめ》隆一《りゅういち》室長の企みによって、真田は、総理大臣、官房長官、内閣調査室室長の配下に創設された〈特殊防諜班〉において——実質的にその唯一のメンバーとして早乙女の配下で活動することとなった。
早乙女が作戦の開始を告げる『緊急措置令』は、こうして発令される。

「君は、現時点から、政府諸機関に対し、総理大臣の代理として命令および要請を発することができる。しかし、君に司法権はない。警察は君の指揮下には入らない。君が調査活動中に違法行為を働き、それが摘発された場合、緊急措置令発動中であっても、君は法で裁かれることになる」

かくして真田は非常に大きな力を背景に、闘いに挑むのだ。
とはいえ、闇雲に誰とでも闘うのではなく、真田が闘うべき相手はシリーズを通じて明確に設定されている。〈新人類委員会〉である。彼等はとある思想に基づいて行動し、その目的を完遂するためには殺人を含め非合法手段を使うことも全くためらわない。しかも豊富な資金力を持つ。この〈新人類委員会〉が、特殊な能力を持ち、日本にとって極めて重要な存在である芳賀舎念《はがしやねん》という老人とその一族を狙っているのだ。真田は〈新人類委員会〉と闘うなかで、芳賀舎念やその孫でやはり特殊能力を有した恵理《えり》と交流を深め、また、イスラエルの諜報機関モサドの一員であるザミルと知り合い、そして彼等とともに〈新人類委員会〉との闘いを繰り広げることになる……。

この『特殊防諜班　最終特命』は、これまで六冊を費やして描かれてきた〈新人類委員会〉と真田たちとの最終決戦を描く一冊である。

今回の特徴は、前作にもましてエスカレートした武器である。〈新人類委員会〉側が調達したのは、Cz75ピストル五挺にはじまり、スペクター・サブマシンガン三挺、キャリコM950マシン・ピストル二挺、ヘッケラー&コッホMSG90狙撃銃一挺という火器群。これに加えて、夜間行動能力を増強したハリアーIIである。シリーズ第六巻『特殊防諜班　聖域炎上』をお読みになった方なら十分ご存じだろうが、あの怪物兵器が、さらに能力を増して再登場するのである。これに対して、真田たちは、それなりの火器と、芳賀舎念と孫娘の特殊能力、そして知恵を徹底的に駆使して闘う。

圧倒的物量vs.能力と知恵、という構図で始まるこの闘いだが、そのままシンプルに物語を終わらせるほど今野敏は安直ではない。この構図は意外な形で崩れ、鮮やかに、かつ劇的に決着する。さすが今野敏である。まずはその筆が生み出す闘いをたっぷりと堪能していただきたい。

■変化と決断

いよいよ最終決戦の時を迎え、真田武男にも大きな変化が訪れる。真田の活動において極めて重要な意味を持っていた〈特殊防諜班〉と『緊急措置令』。これに変化があるのだ。いかなる変化かは本書二〇六ページあたりに詳しく書かれているが、シリーズ作品の主人公をその状況に安住させず、こうして深刻な変化を持ち込む点に、今野敏のエンターテインメント作家としての凄みが感じられる。

しかもだ。その変化と真田の決断に深みをもたらすエピソードも本書にはしっかりと盛り込まれている。冒頭で描かれるベルリンの壁の崩壊がまさにその象徴であるが、それだけではない。

特殊能力を持つ舎念と恵理の間で、特段の特殊能力を持たずに生きてきた恵理の両親が、重大な局面の変化を前にして潔い決断を下したことが、本書に記されている。

作中で大きくクローズアップされているわけではないが、彼等同様特殊能力を持たない読者としては、実際の我が身に置き換えてみれば、きっぱりとこの決断を下した彼等の強さがよく理解できよう。

また、第一作以降、ほぼすべての作品において〈新人類委員会〉に武器を供給する役割を果たしている横須賀の武器商人ラリーや、前作でハリアーを操って日本を襲撃した元ドイツ空軍少佐のヘルムート・ウルブリヒトといった重要人物たちの変化も描かれている。ラリーやウルブリヒトが、何を考え、何を迷い、何を決断するか。それもまた本書の読みどころの一つといえよう。

そしてもちろん、真田武男がこの大きな変化のなかで何を決断したのかも。

■時代

我が国においてはバブルの真っ最中という時代を、そして世界においてはベルリンの壁が崩壊するという時代を背景として描かれた《特殊防諜班》シリーズ。本作で完結となるこの七冊を読めば、現在は主に警察小説を通じて〝現在〟を見通す目を発揮している今野敏が、一九八六年から九〇年に至る時代の日本をどう見ていたかを知ることができる。今野敏が捉《とら》えた当時の日本の描写のなかには、特定の宗教に支配されていない日本が国際社会において異端児として扱われている現実や、それに全く無自覚である状況など、現在でも傾聴すべき指摘は少なくない。

本書は〈新人類委員会〉と真田たちとの闘いを愉しむエンターテインメントであり、徹頭徹尾エンターテインメントではあるのだが、それに加えて、現実を考える上でのこうした〝余禄〟も含まれているし、なにより変化のなかでの決断がきっちりと綴《つづ》られている。そう考えると、この作品は、二〇一〇年の現在においてこそ必読の書なのかもしれない。

●この作品は一九九〇年十月天山出版より刊行された『千年王国の聖戦士《メシア》』（新人類戦線シリーズ）を改題したものです。

（この作品はフィクションですので、登場する人物、団体は、実在するいかなる個人、団体とも関係ありません。）

|著者|今野 敏　1955年北海道三笠市生まれ。上智大学在学中の'78年「怪物が街にやってくる」（現在、同名の朝日文庫に収録）で問題小説新人賞受賞。卒業後、レコード会社勤務を経て作家となる。2006年『隠蔽捜査』（新潮文庫）で吉川英治文学新人賞受賞。'08年『果断　隠蔽捜査２』（新潮文庫）で山本周五郎賞、日本推理作家協会賞受賞。2017年「隠蔽捜査」シリーズで吉川英治文庫賞受賞。「空手道今野塾」を主宰し、空手、棒術を指導。主な近刊に『豹変』、『精鋭』、『防諜捜査』、『臥龍　横浜みなとみらい署暴対係』、『マインド』、『マル暴総監』、『サーベル警視庁』、『回帰　警視庁強行犯係・樋口顕』、『虎の尾　渋谷署強行犯係』、『アンカー』、『変幻』、『武士マチムラ』、『道標　東京湾臨海署安積班』、『棲月　隠蔽捜査７』、『カットバック　警視庁FCⅡ』、『任侠浴場』、『ST　プロフェッション　警視庁科学特捜班』、『天を測る』などがある。

特殊防諜班《とくしゅぼうちょうはん》　最終特命《さいしゅうとくめい》

今野《こんの》 敏《びん》

2010年６月15日第１刷発行
2022年10月４日第10刷発行

発行者――鈴木章一
発行所――株式会社　講談社
東京都文京区音羽2-12-21　〒112-8001
電話　出版（03）5395-3510
　　　販売（03）5395-5817
　　　業務（03）5395-3615

Printed in Japan

講談社文庫
定価はカバーに
表示してあります

KODANSHA

デザイン―菊地信義
本文データ制作―講談社デジタル製作
印刷―――株式会社KPSプロダクツ
製本―――株式会社KPSプロダクツ

ISBN978-4-06-276665-4

講談社文庫刊行の辞

二十一世紀の到来を目睫に望みながら、われわれはいま、人類史上かつて例を見ない巨大な転換期をむかえようとしている。

世界も、日本も、激動の予兆に対する期待とおののきを内に蔵して、未知の時代に歩み入ろうとしている。このときにあたり、創業の人野間清治の「ナショナル・エデュケイター」への志を現代に甦らせようと意図して、われわれはここに古今の文芸作品はいうまでもなく、ひろく人文・社会・自然の諸科学から東西の名著を網羅する、新しい綜合文庫の発刊を決意した。

激動の転換期はまた断絶の時代である。われわれは戦後二十五年間の出版文化のありかたへの深い反省をこめて、この断絶の時代にあえて人間的な持続を求めようとする。いたずらに浮薄な商業主義のあだ花を追い求めることなく、長期にわたって良書に生命をあたえようとつとめるところにしか、今後の出版文化の真の繁栄はあり得ないと信じるからである。

同時にわれわれはこの綜合文庫の刊行を通じて、人文・社会・自然の諸科学が、結局人間の学にほかならないことを立証しようと願っている。かつて知識とは、「汝自身を知る」ことにつきていた。現代社会の瑣末な情報の氾濫のなかから、力強い知識の源泉を掘り起し、技術文明のただなかに、生きた人間の姿を復活させること。それこそわれわれの切なる希求である。

われわれは権威に盲従せず、俗流に媚びることなく、渾然一体となって日本の「草の根」をかたちづくる若く新しい世代の人々に、心をこめてこの新しい綜合文庫をおくり届けたい。それは知識の泉であるとともに感受性のふるさとであり、もっとも有機的に組織され、社会に開かれた万人のための大学をめざしている。大方の支援と協力を衷心より切望してやまない。

一九七一年七月

野間省一

喜国雅彦 国樹由香　本格力〈本棚探偵のミステリ・ブックガイド〉
清武英利　石つぶて〈警視庁 二課刑事の残したもの〉
清武英利　しんがり〈山一證券 最後の12人〉
清武英利　トッカイ〈不良債権特別回収部〉
喜多喜久　ビギナーズ・ラボ
岸見一郎　哲学人生問答
黒岩重吾　新装版 古代史への旅
栗本　薫　新装版 ぼくらの時代
黒柳徹子　窓ぎわのトットちゃん 新組版
倉知　淳　新装版 星降り山荘の殺人
熊谷達也　浜の甚兵衛
倉阪鬼一郎　八丁堀の忍
倉阪鬼一郎　八丁堀の忍(二)〈大川端の死闘〉
倉阪鬼一郎　八丁堀の忍(三)〈遥かなる故郷〉
倉阪鬼一郎　八丁堀の忍(四)〈隻腕の抜け忍〉
倉阪鬼一郎　八丁堀の忍(五)〈討伐隊、動く〉
倉阪鬼一郎　八丁堀の忍(六)〈死闘、裏伊賀〉
黒木　渚　壁の鹿
黒木　渚　本性
黒木　渚　檸檬の棘
久坂部羊　祝葬
黒澤いづみ　人間に向いてない
久賀理世　奇譚蒐集家 小泉八雲〈白衣の女〉
雲居るい　破《は》蕾《らい》
鯨井あめ　晴れ、時々くらげを呼ぶ
決戦！シリーズ　決戦！関ヶ原
決戦！シリーズ　決戦！大坂城
決戦！シリーズ　決戦！本能寺
決戦！シリーズ　決戦！川中島
決戦！シリーズ　決戦！桶狭間
決戦！シリーズ　決戦！関ヶ原2
決戦！シリーズ　決戦！新選組
決戦！シリーズ　決戦！賤ヶ岳
小峰　元　アルキメデスは手を汚さない
今野　敏　ST 警視庁科学特捜班 エピソード1〈新装版〉
今野　敏　ST 警視庁科学特捜班 毒物殺人〈新装版〉
今野　敏　ST 警視庁科学特捜班〈黒いモスクワ〉
今野　敏　ST 警視庁科学特捜班〈青の調査ファイル〉
今野　敏　ST 警視庁科学特捜班〈赤の調査ファイル〉
今野　敏　ST 警視庁科学特捜班〈黄の調査ファイル〉
今野　敏　ST 警視庁科学特捜班〈緑の調査ファイル〉
今野　敏　ST 警視庁科学特捜班〈黒の調査ファイル〉
今野　敏　ST 為朝伝説殺人ファイル〈警視庁科学特捜班〉
今野　敏　ST 桃太郎伝説殺人ファイル〈警視庁科学特捜班〉
今野　敏　ST 沖ノ島伝説殺人ファイル〈警視庁科学特捜班〉
今野　敏　ST 化合 エピソード0〈警視庁科学特捜班〉
今野　敏　ST プロフェッション〈警視庁科学特捜班〉
今野　敏　特殊防諜班 諜報潜入
今野　敏　特殊防諜班 聖域炎上
今野　敏　特殊防諜班 最終特命
今野　敏　茶室殺人伝説
今野　敏　奏者水滸伝 白の暗殺教団
今野　敏　同期
今野　敏　欠落
今野　敏　変幻
今野　敏　警視庁FC
今野　敏　カットバック 警視庁FCII

今野　敏　継続捜査ゼミ
今野　敏　エ　ム　エ　ス〈継続捜査ゼミ2〉
今野　敏　蓬　　莱〈新装版〉
今野　敏　イ　コ　ン〈新装版〉
後藤正治　拗《す》ね者たらん〈本田靖春 人と作品〉
幸田　文　崩　れ
幸田　文　季節のかたみ
幸田　文　台所のおと〈新装版〉
小池真理子　冬の伽藍
小池真理子　夏の吐息
小池真理子　千日のマリア
五味太郎　大人問題
鴻上尚史　あなたの魅力を演出するちょっとしたヒント
鴻上尚史　鴻上尚史の俳優入門
鴻上尚史　青空に飛ぶ
小泉武夫　納豆の快楽
近藤史人　藤田嗣治「異邦人」の生涯
小前　亮　趙《ちょう》匡《きょう》胤《いん》〈宋の太祖〉
小前　亮　始皇帝の永遠〈天下一統〉
小前　亮　劉《りゅう》裕《ゆう》〈豪剣の皇帝〉
香月日輪　妖怪アパートの幽雅な日常①
香月日輪　妖怪アパートの幽雅な日常②
香月日輪　妖怪アパートの幽雅な日常③
香月日輪　妖怪アパートの幽雅な日常④
香月日輪　妖怪アパートの幽雅な日常⑤
香月日輪　妖怪アパートの幽雅な日常⑥
香月日輪　妖怪アパートの幽雅な日常⑦
香月日輪　妖怪アパートの幽雅な日常⑧
香月日輪　妖怪アパートの幽雅な日常⑨
香月日輪　妖怪アパートの幽雅な日常⑩
香月日輪　妖怪アパートの幽雅な食卓〈るり子さんのお料理日記〉
香月日輪　妖怪アパートの幽雅な人々〈妖アパミニガイド〉
香月日輪　妖怪アパートの幽雅な日常〈ラスベガス外伝〉
香月日輪　大江戸妖怪かわら版①〈異界より落ち来る者あり〉
香月日輪　大江戸妖怪かわら版②〈異界より落ち来る者あり 其之二〉
香月日輪　大江戸妖怪かわら版③〈封印の娘〉
香月日輪　大江戸妖怪かわら版④〈天空の竜宮城〉
香月日輪　大江戸妖怪かわら版⑤〈雀、大浪花に行く〉
香月日輪　大江戸妖怪かわら版⑥〈魔狼、月に吠える〉
香月日輪　大江戸妖怪かわら版⑦〈大江戸散歩〉
香月日輪　地獄堂霊界通信①
香月日輪　地獄堂霊界通信②
香月日輪　地獄堂霊界通信③
香月日輪　地獄堂霊界通信④
香月日輪　地獄堂霊界通信⑤
香月日輪　地獄堂霊界通信⑥
香月日輪　地獄堂霊界通信⑦
香月日輪　地獄堂霊界通信⑧
香月日輪　ファンム・アレース①
香月日輪　ファンム・アレース②
香月日輪　ファンム・アレース③
香月日輪　ファンム・アレース④
香月日輪　ファンム・アレース⑤ (上)(下)
近衛龍春　加藤清正〈豊臣家に捧げた生涯〉
木《この》原《はら》音《なり》瀬《せ》　箱の中
木原音瀬　美しいこと
木原音瀬　秘　密

木原音瀬　嫌な奴
木原音瀬　罪の名前
木原音瀬　コゴロシムラ
近藤史恵　私の命はあなたの命より軽い
小泉凡　怪談四代記〈八雲のいたずら〉
小松エメル　夢の燈《ほ》影《かげ》
小松エメル　総司の夢〈新選組無名録〉
呉勝浩　道徳の時間
呉勝浩　ロスト
呉勝浩　蜃気楼の犬
呉勝浩　白い衝動
呉勝浩　バッドビート
こだま　夫のちんぽが入らない
こだま　ここは、おしまいの地
古波蔵保好　料理沖縄物語
講談社校閲部　間違えやすい日本語実例集〈熟練校閲者が教える〉
佐藤さとる　だれも知らない小さな国〈コロボックル物語①〉
佐藤さとる　豆つぶほどの小さないぬ〈コロボックル物語②〉
佐藤さとる　星からおちた小さなひと〈コロボックル物語③〉
佐藤さとる　ふしぎな目をした男の子〈コロボックル物語④〉
佐藤さとる　小さな国のつづきの話〈コロボックル物語⑤〉
佐藤さとる　コロボックルむかしむかし〈コロボックル物語⑥〉
佐藤さとる　天狗童子
佐藤さとる　絵／村上勉　わんぱく天国
佐藤愛子　新装版 戦いすんで日が暮れて
佐木隆三　慟哭〈小説・林郁夫裁判〉
佐木隆三　身分帳
佐高信　石原莞爾その虚飾
佐高信　わたしを変えた百冊の本
佐高信　新装版 逆命利君
佐藤雅美　ちよの負けん気、実の父親〈物書同心居眠り紋蔵〉
佐藤雅美　へこたれない人〈物書同心居眠り紋蔵〉
佐藤雅美　わけあり師匠事《こと》の顛末〈物書同心居眠り紋蔵〉
佐藤雅美　御奉行の頭の火照《ほて》り〈物書同心居眠り紋蔵〉
佐藤雅美　敵討《かたきう》ちか主殺しか〈物書同心居眠り紋蔵〉
佐藤雅美　江戸繁昌記〈寺門静軒無聊伝〉
佐藤雅美　青雲遥かに〈大内俊助の生涯〉
佐藤雅美　悪足掻《あが》きの跡始末 厄介弥三郎
佐藤雅美　恵比寿屋喜兵衛手控え〈新装版〉
酒井順子　負け犬の遠吠え
酒井順子　朝からスキャンダル
酒井順子　忘れる女、忘れられる女
酒井順子　次の人、どうぞ！
佐野洋子　嘘ばっか〈新釈・世界おとぎ話〉
佐野洋子　コッコロから
佐川芳枝　寿司屋のかみさん サヨナラ大将
笹生陽子　ぼくらのサイテーの夏
笹生陽子　きのう、火星に行った。
笹生陽子　世界がぼくを笑っても
沢木耕太郎　一号線を北上せよ〈ヴェトナム街道編〉
佐藤多佳子　一瞬の風になれ 全三巻
笹本稜平　駐在刑事
笹本稜平　駐在刑事 尾根を渡る風
西條奈加　世直し小町りんりん
西條奈加　まるまるの毬《いが》
西條奈加　亥子《いのこ》ころころ
佐伯チズ　改訂完全版 佐伯チズ式「完全美肌バイブル」〈123の肌悩みにズバリ回答！〉

斎藤　洋　ルドルフとイッパイアッテナ
斎藤　洋　ルドルフともだちひとりだち
佐々木裕一　公家武者　信平《のぶひら》〈消えた狐丸〉
佐々木裕一　逃げた名馬〈公家武者 信平㈡〉
佐々木裕一　比叡山の鬼〈公家武者 信平㈢〉
佐々木裕一　公《く》卿《ぎょう》の罠《わな》〈公家武者 信平㈣〉
佐々木裕一　狙われた旗本〈公家武者 信平㈤〉
佐々木裕一　赤い刀身〈公家武者 信平㈥〉
佐々木裕一　帝《みかど》の刀《とう》匠《しょう》〈公家武者 信平㈦〉
佐々木裕一　若君の覚悟〈公家武者 信平㈧〉
佐々木裕一　くもの頭領〈公家武者 信平㈨〉
佐々木裕一　宮中の誘い〈公家武者 信平㈩〉
佐々木裕一　雲《ひ》雀《ばり》の太刀〈公家武者 信平⑪〉
佐々木裕一　決着の鬨《とき》〈公家武者 信平⑫〉
佐々木裕一　狐のちょうちん〈公家武者信平ことはじめ㈠〉
佐々木裕一　姫のため息〈公家武者信平ことはじめ㈡〉
佐々木裕一　四谷の弁慶〈公家武者信平ことはじめ㈢〉
佐々木裕一　暴れ公卿〈公家武者信平ことはじめ㈣〉
佐々木裕一　千石の夢〈公家武者信平ことはじめ㈤〉

佐々木裕一　妖《あや》し火〈公家武者信平ことはじめ㈥〉
佐々木裕一　十万石の誘い〈公家武者信平ことはじめ㈦〉
佐々木裕一　黄《よ》泉《み》の女〈公家武者信平ことはじめ㈧〉
佐々木裕一　将軍の宴〈公家武者信平ことはじめ㈨〉
佐藤　究《きわむ》　Q　J　K　J　Q
佐藤　究　A　n　k ：〈a mirroring ape〉
佐藤　究　サージウスの死神
佐野　晶　三田紀房・原作　小説アルキメデスの大戦
澤村伊智　恐怖小説キリカ
さいとう・たかを　戸川猪佐武　原作　歴史劇画〈第一巻　吉田茂の闘争〉大宰相
さいとう・たかを　戸川猪佐武　原作　歴史劇画〈第二巻　鳩山一郎の悲運〉大宰相
さいとう・たかを　戸川猪佐武　原作　歴史劇画〈第三巻　岸信介の強腕〉大宰相
さいとう・たかを　戸川猪佐武　原作　歴史劇画〈第四巻　池田勇人と佐藤栄作の激突〉大宰相
さいとう・たかを　戸川猪佐武　原作　歴史劇画〈第五巻　田中角栄の革命〉大宰相
さいとう・たかを　戸川猪佐武　原作　歴史劇画〈第六巻　三木武夫の挑戦〉大宰相
さいとう・たかを　戸川猪佐武　原作　歴史劇画〈第七巻　福田赳夫の復讐〉大宰相
さいとう・たかを　戸川猪佐武　原作　歴史劇画〈第八巻　大平正芳の決断〉大宰相
さいとう・たかを　戸川猪佐武　原作　歴史劇画〈第九巻　鈴木善幸の苦悩〉大宰相
さいとう・たかを　戸川猪佐武　原作　歴史劇画〈第十巻　中曽根康弘の野望〉大宰相

佐藤　優　人生の役に立つ聖書の名言
佐藤　優　戦時下の外交官〈ナチス・ドイツの崩壊を目撃した吉野文六〉
佐藤　優　人生のサバイバル力
斉藤詠一　到達不能極
佐々木　実　竹中平蔵　市場と権力「改革」に憑かれた経済学者の肖像
斎藤千輪　神楽坂つきみ茶屋〈禁断の盃《さかずき》と絶品江戸レシピ〉
斎藤千輪　神楽坂つきみ茶屋2〈突然のピンチと喜寿の祝い膳〉
斎藤千輪　神楽坂つきみ茶屋3〈想い人に捧げる鍋料理〉
斎藤千輪　神楽坂つきみ茶屋4〈頂上決戦の七夕料理〉
作画……蔡志忠　訳……和田武司　監修……野末陳平　マンガ　孔子の思想
作画……蔡志忠　訳……和田武司　監修……野末陳平　マンガ　老荘の思想
作画……蔡志忠　訳……和田武司　監修……野末陳平　マンガ　孫子・韓非子の思想
司馬遼太郎　新装版　播磨灘物語　全四冊
司馬遼太郎　新装版　箱根の坂（上）（中）（下）
司馬遼太郎　新装版　アームストロング砲
司馬遼太郎　新装版　歳　月（上）（下）
司馬遼太郎　新装版　おれは権現
司馬遼太郎　新装版　大　坂　侍
司馬遼太郎　新装版　北斗の人（上）（下）

司馬遼太郎　新装版 軍師二人
司馬遼太郎　新装版 真説宮本武蔵
司馬遼太郎　新装版 最後の伊賀者
司馬遼太郎　新装版 俄 (上)(下)
司馬遼太郎　新装版 尻啖え孫市 (上)(下)
司馬遼太郎　新装版 王城の護衛者
司馬遼太郎　新装版 妖　怪 (上)(下)
司馬遼太郎　新装版 風の武士 (上)(下)
司馬遼太郎　戦　雲　の　夢〈レジェンド歴史時代小説〉
司馬遼太郎／海音寺潮五郎　新装版 日本歴史を点検する
司馬遼太郎／井上ひさし　新装版 国家・宗教・日本人
司馬遼太郎／陳舜臣／金達寿　新装版 歴史の交差路にて〈日本・中国・朝鮮〉
柴田錬三郎　お江戸日本橋 (上)(下)
柴田錬三郎　貧乏同心御用帳
柴田錬三郎　新装版 岡っ引どぶ〈柴錬捕物帖〉
柴田錬三郎　新装版 顔十郎罷り通る (上)(下)
島田荘司　御手洗潔の挨拶
島田荘司　御手洗潔のダンス
島田荘司　水晶のピラミッド
島田荘司　眩（めまい）暈
島田荘司　ア　ト　ポ　ス
島田荘司　異　邦　の　騎　士〈改訂完全版〉
島田荘司　御手洗潔のメロディ
島田荘司　P　の　密　室
島田荘司　ネジ式ザゼツキー
島田荘司　都市のトパーズ2007
島田荘司　21世紀本格宣言
島田荘司　帝都衛星軌道
島田荘司　UFO大通り
島田荘司　リベルタスの寓話
島田荘司　透明人間の納屋
島田荘司　占星術殺人事件〈改訂完全版〉
島田荘司　斜め屋敷の犯罪〈改訂完全版〉
島田荘司　星《せい》籠《ろ》の海 (上)(下)
島田荘司　屋　　上
島田荘司　名探偵傑作短篇集　御手洗潔篇
島田荘司　火　刑　都　市〈改訂完全版〉
島田荘司　暗闇坂の人喰いの木
清水義範　蕎麦《そば》ときしめん
清水義範　国語入試問題必勝法〈新装版〉
椎名　誠　にっぽん・海風魚旅〈怪し火さすらい編〉
椎名　誠　大漁旗ぶるぶる乱風編〈にっぽん・海風魚旅4〉
椎名　誠　南シナ海ドラゴン編〈にっぽん・海風魚旅5〉
椎名　誠　風　の　ま　つ　り
椎名　誠　ナ　　マ　　コ
椎名　誠　埠頭三角暗闇市場
真保裕一　取　　　引
真保裕一　震　　　源
真保裕一　盗　　　聴
真保裕一　朽ちた樹々の枝の下で
真保裕一　奪　　取 (上)(下)
真保裕一　防　　　壁
真保裕一　密　　　告
真保裕一　黄金の島 (上)(下)
真保裕一　発　　火　　点
真保裕一　夢　の　工　房
真保裕一　灰　色　の　北　壁

講談社文庫　目録

真保裕一　覇王の番人(上)(下)
真保裕一　デパートへ行こう！
真保裕一　アマルフィ〈外交官シリーズ〉
真保裕一　天使の報酬〈外交官シリーズ〉
真保裕一　アンダルシア〈外交官シリーズ〉
真保裕一　ダイスをころがせ！(上)(下)
真保裕一　天魔ゆく空(上)(下)
真保裕一　ローカル線で行こう！
真保裕一　遊園地に行こう！
真保裕一　オリンピックへ行こう！
真保裕一　連鎖〈新装版〉
篠田節子　弥勒
篠田節子　転生
篠田節子　竜と流木
重松　清　定年ゴジラ
重松　清　半パン・デイズ
重松　清　流星ワゴン
重松　清　ニッポンの単身赴任
重松　清　愛妻日記
重松　清　青春夜明け前
重松　清　カシオペアの丘で(上)(下)
重松　清　永遠《とわ》を旅する者〈ロストオデッセイ　千年の夢〉
重松　清　かあちゃん
重松　清　十字架
重松　清　峠うどん物語(上)(下)
重松　清　希望ヶ丘の人びと(上)(下)
重松　清　赤ヘル1975
重松　清　なぎさの媚薬(上)(下)
重松　清　さすらい猫ノアの伝説
重松　清　ルビィ
重松　清　どんまい
重松　清　旧友再会
新野剛志　美しい家
新野剛志　明日の色
殊能将之　ハサミ男
殊能将之　鏡の中は日曜日
首藤瓜於　事故係生稲昇太の多感
首藤瓜於　脳男　新装版
島本理生　シルエット
島本理生　リトル・バイ・リトル
島本理生　生まれる森
島本理生　七緒のために
島本理生　夜はおしまい
小路幸也　高く遠く空へ歌ううた
小路幸也　空へ向かう花
小路幸也　原案　山田洋次　平松恵美子　家族はつらいよ
小路幸也　原作・脚本　山田洋次　脚本　平松恵美子　家族はつらいよ2
島田律子　私はもう逃げない〈自閉症の弟から教えられたこと〉
辛酸なめ子　女修行
柴崎友香　ドリーマーズ
柴崎友香　パノララ
翔田　寛　誘拐児
白石一文　この胸に深々と突き刺さる矢を抜け(上)(下)
小説現代編　石田衣良他著　10分間の官能小説集
小説現代編　勝目　梓他著　10分間の官能小説集2
小説現代編　乾くるみ他著　10分間の官能小説集3
柴村　仁　プシュケの涙

2022年6月15日現在